黒

自分が元気じゃないとだれかを元気にするのも
無理ってわかりやすくていいと思う。

青

好きな人みんな
自転車で行ける距離に住んでたらいいのに。
嘘ついてたまたま通りかかるのに。

白

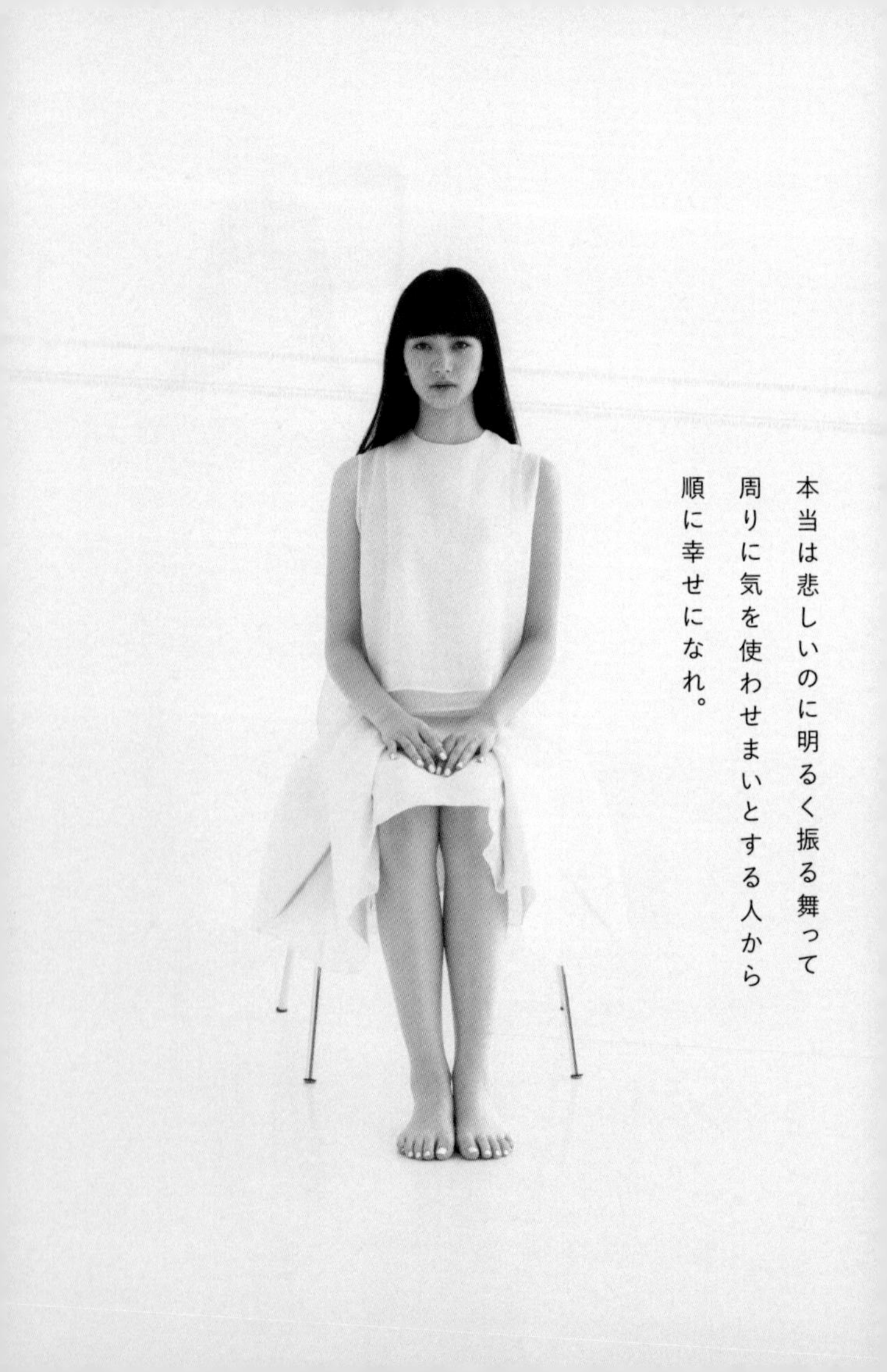

本当は悲しいのに明るく振る舞って
周りに気を使わせまいとする人から
順に幸せになれ。

光

「最近なにかいいことあった？」に
「いま」と答えるの反則。

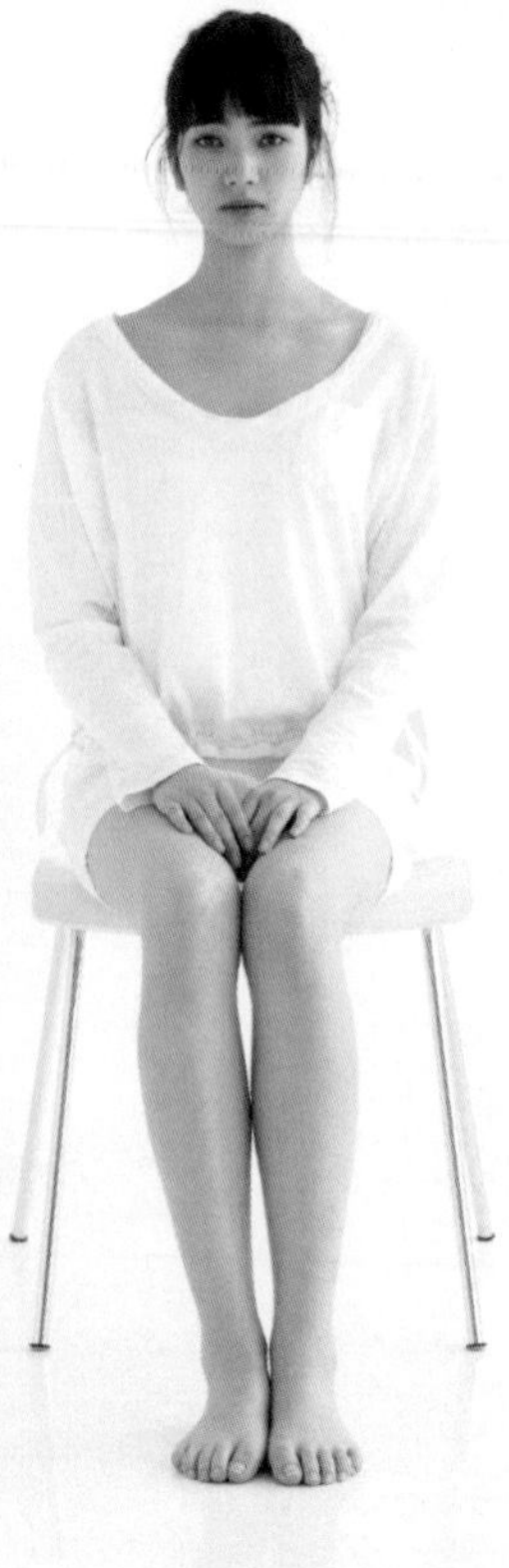

僕の隣で勝手に幸せになってください

蒼井ブルー

角川文庫
22084

はじめに

はじめまして、蒼井ブルーです。人の写真を撮る仕事をしています。かわいく撮ります。

好きな異性のタイプはやさしい人です。結婚したいです。好きなデートは映画です。いいシーンで手を握ろうとして、でもやっぱりやめたりします。好きな人につくってもらいたいごはんはカレーです。おいしくいただいたあと、「洗い物は俺がやるからお茶でも飲んどいてよ」などとかっこをつけたりします。

好きな音楽はだれかに会いたくなるようなやつです。いつでも会えるわけではありませんが。好きなファッションはだれかに見せたくなるようなやつです。気に入ってもらえるとよいのですが。好きな匂いはだれかを思い出すようなやつです。せつなくなることもありますが。

好きな色は青です。空や海の色のくせに悲しみや憂うつの意味も持つからです。好きな季節は春です。別れもありますが出会いや旅立ちもあるからです。好きなせりふは「僕のひとりごとが本になりました」です。

また春が来ます。僕のひとりごとが本になりました。

この本は、僕がこれまでにTwitter上で綴ってきたひとりごとのなかから抜粋したものに書き下ろしと写真を加え、四つの章にまとめて構成したものです。

各章にはそれぞれテーマカラーを設け、黒の章、青の章、白の章、光の章としました。終わりがないかのような漆黒の闇夜にもやがて日は差し、世界は光に包まれます。その経過を人の心になぞらえ、絶望にもやがて希望が、悲しみにもやがて喜びが訪れますように、と願いをこめて。

ツイートを「ひとりごと」と表したのは、これがだれかに向けられたものではなく、僕の自問自答であるところによります。

いつかの、こんなひとりごとがあります。

「元気がない人に元気を出せと言うのは酷な気もするので、思い出せと言うことにする。元気を思い出してください。そこには、だれがいましたか」

あることで落ちこんでいた僕が、好きな人たちと会うことで前向きな気持ちになれた際のものです。

人はいくつになっても迷い、立ち止まる生き物ですが、それでも僕は大丈夫です。僕は問いかけます、どこへ行けばよいのだろう、と。そしてまたひとりごとを吐きます。それがいつかの道しるべとなるように。

僕の自問自答の日々が、この本を手に取ってくださったみなさんのお役に立てるとすれば、これほどうれしいことはありません。

やがて日は差し、世界は光に包まれます。僕は大丈夫です、僕たちは大丈夫です。

蒼井ブルー

目次

CHAPTER 2　青

CHAPTER 3　白

STAFF
撮影　蒼井ブルー
モデル　小松菜奈
スタイリスト　小川夢乃
ヘアメイク　小澤麻衣（mod's hair）
ブックデザイン　bookwall
DTP　山本秀一、山本深雪（G-clef）

CHAPTER 1

黒

好きな人に「死なないで」と伝えました。
人の死を止められる力なんて
僕にはないけれど、
それでも、死なないでと伝えました。
「どしたの急に？」なんて
不思議顔をした君が、
いつか急に死にたくなったとき、
僕のこの不器用な顔が浮かべばいい。
好きだよ、死なないで。

才能があるにもかかわらずそれをみんなに見せようとしない人はいったいなにを出し渋っているんだろう。もしも自分の才能に気づいているなら一刻も早く見せないといけないし、まだ気づいていないならもっと一刻も早く見せないといけない。

おなかがすいてるときに大事なこと考えるのよくない。

「どこへ行くか」より「だれと行くか」みたいなとこある。

器用に生きようとすることがもうすでに不器用。

約束する時点でもう7割くらい楽しい。

「頑張る」は耐えるという意味に
なりがちだから
「うまくやる」くらいが
ちょうどいいのかもしれない。

人生はなぜか大事な人から順にいなくなるようなので大事な人から順に会っておかなければならない。

得るのは大変なのに失うのは一瞬だったりして信用のこと全然信用できない。

思い出せない人のことはもう思い出さなくてもいい人ってことで。

目先の勝ち負けにこだわるタイプの勝負ごとなら絶対に負けちゃだめだけど、目先の勝ち負けにこだわらないタイプの勝負ごとならつづけることが勝ちだよ。

「大丈夫」は大丈夫じゃない人も言うからわかりにくい。

好きなみそ汁の具を訊いてくる女子はモテる。

目的が同じなら一緒に息してるだけで楽しい。

人前で夢みたいなことを語ると「また夢みたいなこと言って」などと怒られたり笑われたりするので語る際は夢みたいなことではなく夢そのものであることが望ましい。

足元ばかり見ていて、たしかに転びはしないけど流れ星も見逃すみたいなところある。

「言葉だけであれだけど、
応援してるから」
と言われて
泣きそうになったから
言葉だけでも応援はできる。

人と同じじゃいやだという理由は人と同じっぽくていや。
自分に負けるのは本当にださい。弱さに負けるのは本当にださい。

情熱という言葉は
用いるだけで燃やせているように
錯覚して油断ならない。

叱るのが上手な人って「諭す」なんだよな。
あれだけ思っていたくせにいつ忘れたのかも思い出せなかったりする。
見つけることと同じくらい手放さないことは難しいから。

僕たちはもっと、傷には触れずさりげに励まそうとしてくる人のことを愛さなければならない。

才能のある人はすてき。そのうえ謙虚な人は無敵。

目新しさの代わりが務まるのはきっと安心のようなものなんだろうけど、安心には沈殿するイメージがあって、こう、ときどき揺さぶってやらないといけない。

考えてもどうにもならないときは寝るに限る。

人のことは放っておいても勝手に好きになるけれど、
自分のことは簡単に好きになれないので、
繰り返し繰り返しいいところを見せないといけない。
頑張って頑張って見せないといけない。

楽しみはいつも少しだけ先にあるといい。遠いと待てないし、今だとすぐに過ぎる。

「次は自分の番だ！」みたいなの失くしたらだめ。

聞いた話をまとめると、人の相談に乗る際のコツは「話をよく聞く」「否定はしない」「アドバイスもしない」「そもそも解決しようとしない」「できるだけ笑顔で」とのことでお地蔵さんは最強。

10代のモデルさんと比べても遜色のないお肌のアラサーメイクさん「女はお肌が10割」

寂しくなったときはごはんを食べるに限る。できるだけあたたかいやつ。

ネット上での「好きです」は「こんばんは」くらいに思っておいたほうがいい。

今日が終わってほしくなくて寝ようとしないの、明日ごと終わるからやめたほうがいい。

教わった話をまとめると「人は第一印象で敵か味方かを、自分にとって必要かそうでないかを無意識に判断しており、その所要時間はわずかに7秒である。ここで受けた判断を覆すのは並大抵のことではなく、良好な関係を築く一歩として、まずは最初の7秒に全力を傾けたい、略して笑顔」

同じ人と長くつづいている友人に秘訣を訊いたら「これ、缶コーヒーのふたにも書いてあるんだけど、振らずにゆっくり」と返ってきた。

女子の言う「連れてって」は「おごって」なので男子たちは十分注意してください。

いつか忘れてもいいから忘れないと言え。嘘になってもいいから忘れないと言え。

自分への投資を怠ると夢が痩せる。

だいたいのチャンスは一度っきりのくせに逃した後悔は何度も甦って切りつけてくるので胸が痛いわけです。

もう二度と会えないかもしれないと考えたら一度目大事すぎる。

自分にはないものを持っている人に惹かれる一方で自分の持っているものが受け入れてもらえないとわかりやすくがっかりするから結局感性の近い人がいいんだと思う。

死にたいって言うな。でも黙って死ぬな。

褒めたときに「うれしい」みたいに言う人「ありがとう」より好感度高い。

「心配かけたくない」が理由の人は心配。

自分が元気じゃないとだれかを元気にするのも無理ってわかりやすくていいと思う。

婚約者に捨てられて死にたいと言っていた人が新しい恋人と仲よくやっていて「時間が解決する」は本当だなあと思う。

自分探しの旅って言葉なんとなく逃げのイメージがあるけど、本当に見つけて帰ってきた人にとっては大冒険だったんだろうな。勇気とかめっちゃいりそうだし、きついこともたくさんあると思う。

簡単な言葉で伝えるほうが簡単なはずなのに難しいときがあって「なんて言うんだろ」みたいなのばかり言ってしまう。やめたい。

距離を詰めたほうが楽しい人と距離を保ったほうが楽しい人がいて自分なりのものさしを持っておきたい。

夢や目標に向かって頑張っている人と接するの本当に楽しい。行き先が決まっている人はたとえ転んでも道を逸れることがなくて、歩みの速い遅いはあるにせよ、いつも前を向いているんだよな。

自分のことを認めてやれない人間が周りからは認めてもらいたいだなんて変なの。

ルックスや性格や肩書きなんかを箇条書きにするとばっちりなのに一緒にいるとどこか違う感じがしてくるの、相性の不一致ってことでいいのかな。最後の最後でそんな曖昧なものに頼って判断するのやっぱり変だ、気持ち悪い。でもちょっと気持ちいい。いややっぱり気持ち悪い。

異性でも同性でも親密につきあうなら
しっかりしている人がいいのだけど、
完璧というか、隙のなさすぎる人はちょっと疲れる。
どこかゆっくりな人というか、
部分的にばかな人というか、
隙のあり具合を許せる人がいい。
許しあえる人がいい。

『うちでDVD観ない？』なんて回りくどい誘い方してないではっきり言えばいいのに。『しよ？』とか言えばいいのに」とのアドバイスをいただいたのだけど、そもそも「うちでDVD観ない？」もけっこう勇気いるんですからね……。
同じ内容でもだれが言ったかは大きいよね。気を許している人の言葉は入って来やすい。これってなんなんだろ、前から触れるか横から触れるかの違いみたいなものなのかな。前から来ると握手で、横から来るとつなぐで。

落ちこむと
強くなりたい
だなんて思ったり
するけれど、
強くても
折れるから
しなやかがいい。

「人を幸せにできる自信がない」と言ったら
「人の幸せをおまえが決めるな」
と返ってきてビールをおごるなどした。

個性ってどんなときに育つのかな。出会いの数だけそのチャンスがあるのならもっといろんな人に会わなきゃ、いろんな場所へ行かなきゃ。

今よりよくなりたいみたいなの忘れたくないな。
強い気持ちはいつもだいたい空回りしてがっかりも大きいけど、
強く持ってないとすぐに忘れて人や自分に甘えるもん。

追いかけたら追いつけそうな人がモテるのわかる。手が届きそうにないと想像が広がらなくて楽しくないもん。

「人は人、自分は自分」を言い訳にしたくない。負けたくない。

やりたいことを仕事にできた人が「逃げ道が横や後ろにあるとは限らないよね。僕はラッキーだったと思う、前にあったんだから」と言っていて抱かれてもいいいと思った。

「夢は見るものではなくかなえるもの」や
「奇跡は待つものではなく起こすもの」みたいな言葉じゃ動かないくせに
「じゃあそうやっていつまでもうじうじしてなよ」
みたいなのには反応して
「は？　つか余裕だし」
みたいにみなぎってくる人のことをきらいじゃない。

返信はすぐしちゃだめみたいな教えを実践してる人ってほんとにいるのかな。反応がいい人のほうが好感度高まる。

日々思うことはたくさんあるのになぜなにかの形で残しておかないのか自分でも全然意味わからないと思ったのだけど、面倒に尽きるのだった。ちゃんとしたい。

ちゃんとしてる感がにじみ出ている人、とてもいいと思う。僕も丁寧に生きたい。だらしないところがあっても全然構わないからどこかひとつだけ尊敬させてもらいたい。それが、自分にはできないことだったり持っていないものだったりするとなおいい。

我慢することに慣れてしまったら
泣きたいときに泣けなくなるね。
強いだなんて言われてさらに加速。
自分の気持ちすら置いてけぼりで、
もうだれのための自分。

いっぱいになってるときって全部を自分でやろうとしてるときが多くてそらいっぱいになるわなあと思う。あとから思うので改善はできない。何度目でもできない、いっぱいでできない。

ありがとうとごめんねが言えなかったときに叱ってくれる人は友だち。

「長いつきあいになりそうだなあ」
とか思っても
「なにか違う」みたいな理由で
あっさり終わったりするから
先のことはあまり考えなくていい気がしてきた。

婚活サイトに登録するよりねこを飼って「見に来る？」のほうが近道なのかもしれない。

人生の階段、何段かに一度とても高い段があって壁かと思う。上るというより壊すイメージ。

起こしてくれる人がいるの、数ある幸せの形のなかでもかなり上位なほうだと思う。

忙しいみたいな理由でやるべきことを後回しにしてるの、少し先の未来の自分から時間の前借りをしてるだけでどんどん苦しくなる。

人の悩みって単純に思える。無責任でいられるからなんだろうけど。たいして余裕もないくせに「どうしたいの、じゃあこうだね。大丈夫」だなんて言って、なにこれ、女々しいときの自分用に取っておきたい。相談に乗るの、たまにはいい。整理。

放置はだめ、依存もだめ。軽くても重くても飽きられる。恋愛体重難しい。

人の好きなところを見つけるまえに自分の好きなところをつくらないと自信が持てず好意も伝えられず死ぬ。

「傲慢かもしれないけど」と前置きすると本音が言いやすくなるから気に入ってる。
言葉は道具だから上手に使いたい。気持ちを伝える職人さんになりたい。

「欠点まで愛されたい」なんて思ったけど、
自分の欠点を愛してあげるのって自分だ。

感傷は厄介だ、胸まで浸かっただけで溺れる。胸で呼吸するな、唇を使え。つまりは
言葉を吐け、人と話せ。

人と人のあいだにあたたかい飲み物を置くだけで
会話がはじまるの面白い。
おいしくてもおいしくなくてもはじまる。
飲まなくてもはじまる。

やさしい人の話

タイプの話になるとまず最初に挙げるくらいに、僕はやさしい人のことが好きだ。やさしい人のかわいさはすごい。それだけでごはんを何杯もいける。

たとえば食堂で、僕が卵かけごはんを食べようと卵をかき混ぜていたとする。それを見たあなたが日の前にあった醤油を手に取り、僕のそばへ置いてくれたとする。あ、たったこれだけのことで恋が走りだしてもおかしくないくらいに「やさしい」はかわいい。

のちにふたりが結婚したとして、結婚記念日を迎えるたびに、「あのときさ、醤油取ってくれてありがとな」と言うね？　来年も再来年もうれしそうにして言うね？

人にやさしくするためには、その対象の行動の何手か先を読まなければならず、「やさしい」は受け手に届くまえからはじまっている。そしてそれは、出し手が投げたあとも受け手のなかでつづいてゆくのだ。

好きな人にはやさしくできて当たり前、という意見もある。たしかに僕もそう思う。けれどまずは、やさしくされて当たり前なほどに好かれていることを喜ぼうじゃないか。

おしゃれな人、メールの最後に「おいしいごはん屋さんを手配しておきますね」みたいなひとことを添えてくるし、これがもう前菜。

早起きして作業するのとても捗るし「自分えらい！」みたいに思えてきておすすめ。

日付が変わった瞬間に誕生日や記念日のお祝いを送信したりするのとてもいいと思う。

夢や企みを語りあえる人が近くにいるのとてもよい。

忘れられるの寂しいからたまには連絡しよう。用もないのに連絡してみたりしよう。起きたときにおはようが届いていたらめっちゃうれしくないですか。寝るときに考えていた人からおはようが届いていたらめっちゃうれしくないですか。

「祝日も平日も関係ないさ。ふたりでいる今日を祝おう?」というせりふを思いついたのですが、伝える相手がいないので使ってくれていいですよ(乾燥ひじきを水で戻しながら)

元気がない人に元気を出せと言うのは酷な気もするので、思い出せと言うことにする。元気を思い出してください。そこには、だれがいましたか。

話したいことがたくさんあるから人と会う約束をしよう。一緒にごはんを食べたりもしよう、並んで写真を撮ったりもしよう。

心が貧しい日は彩りの豊かな食事を摂るのがよい。

「なにしてた？」に「勉強してた」と返すの好感度上がりそうだし積極的に使っていきたい。「ちょっと休憩」とかも送って、いまは大丈夫だけど？　どした？　話す？　感も出してみよう。

だれかに認めてもらえるだけで自分も自分を認めてあげられるようになったりするから、まずはだれかに認めてもらえるよう頑張ったりしよう。

落ちてる人に対して「寝ろ」みたいに言うの、めんどくさいっていうのがないわけじゃないけど、「時間が解決する」をカジュアルに言ってるだけだからね。その人たぶん思ってくれてるからね。

「顔を洗って出直せ」的なせりふを久しぶりに聞いたのだけど、これだとちょっと強めな印象で感じが悪いし、「顔を洗って出直せ、保湿もちゃんとしろ」くらいがいいのかなって。

「お茶するだけで楽しいならなにしても楽しいと思うんだけど、まずお茶誘ってみてもいいですか」という誘い方がとてもよかったから積極的に使っていく。

かわいいとかかっこいいとかだけじゃだめなのなんとなくわかってきた。たまにはあれ、胸が熱くなるようなとこ見せなきゃいけないんだよきっと。言葉だけでもだめなんだよ、見せなきゃいけないんだよ。

周りの人たちみんな幸せになってほしいと思うけど、余裕がないと人の幸せまで願えなかったりするからまず自分が幸せになろう。

寂しがり屋、儲からないから早く閉店したほうがいい。

一緒に食べたらもっとおいしくなるからごはんの約束をしよう。

生まれ変わりとか信じないから現世で全部伝えよう。

電車内で「女が褒めてって言ってんだから褒めとけばよくない？」「ほんとそれ」という会話をはじめた女子たちが最終的には降りる駅を乗り過ごしてしまうほどカンカンになっていたから女が褒めてと言ったときは褒めたほうがいい。

人と一緒にいるときに「いまが最高」と言われてじんわりうれしかったので、一緒にいるときには言ってあげるといいですよ。

啓発めいた言葉を並べると「何様」などと揶揄されることがあるが、そんなもの気にする必要はない。「自分に向けて言っています」と前置きするか。「ひとりごとにつきあうおまえが悪い」でもいい。

悲しいときにあたためたら
またうれしくなって
頑張れるだろうから、
かけてもらった言葉を
冷凍庫に入れよう。
うれしいを保存しよう。

「思ったことがあったら言ってね」

に咀嚼する時間を与えた
「言いたくなったら言ってね」

が気に入ってる。

話し下手の人でも理路整然とする。

伝わる。


思い出でおなかは満たせないから、早くごはんを食べなさい。涙で体は洗えないから、早くお風呂に入りなさい。大丈夫だよ。

自分が元気じゃないと人に与えることなんてできないので僕はまずごはんを食べようと思います。あたたかいやつです。

いつも笑顔な人は「泣いてもいいよ」と言ったらすぐに泣きそう。

どんなときもぶれない強いイメージの人が背中を丸めてぽつんといただけで「そうだよな、あの人にもいろいろあるよな」みたいに思った。勝手に思っただけだから本当はえっちな妄想とかをしていただけなのかもしれないけど。

子どものころは寄り道すると怒られたけど大人になると時間やお金を使ってでもできるだけ寄り道しようとしていて変な感じする。

いつもありがとうと思ってる人にいつもありがとうと伝えるの楽しい。どしたの急にとか言って変な顔する。楽しい。

安くてもおいしくて栄養のあるごはんはたくさんあるからちょっとくらいお金がなくても平気だけど、心が貧しいみたいなのはやだな。

なにも言わなくていいからだれかに一緒にいてほしいときがあるけれど、もし本当になにも言わなかったら少し気持ち悪いだろうし、たまに肩の辺りを「ちょん」とするなどしていったほうがいいのかもしれない。

「おはよう」「おはよう」や
「おやすみ」「おやすみ」も最高だけど
「ただいま」「おかえり」はやっぱり特別。

どれだけ好きだった人でも昔の恋人とはよりが戻らない派なので、離れたりくっついたりを繰り返す人の気持ちがわからない。戻るとより強い絆が生まれるのかな、そしていつか家族になったり。楽しいかもしれない。

自分を犠牲にしてまでだれかのために頑張らなきゃならないのけっこうきついと思うけど、ひとりぼっちよりはましなのかもしれない。

あきらめそうになってる人に
「あきらめるな」みたいに言うの無責任な気がしていつも
「どうしたい？」とか「どうなりたい？」になる。

画像のチョイスやレタッチは取りかかるまでがいちばん気が重い。わりと逃げたい。やりはじめるとサクサクいく。「お風呂入るのめんどくさい→やっと入る→気持ちい最高」みたいなイメージ。

自分のなにを覚えておいてほしいかなと考えたけど、たくさんありすぎて面倒になって「全部」だなんて言って、全部を見せたことなんかないくせにずるい。

高校生くらいの男子が「おやすみのキスってなんだよ。逆に寝れねえだろ」と言っていたのを思い出したのだけど僕も本当にそう思う。

ため息をつくと慌てて吸ってくれる人がやさしくて好きになってしまう。「幸せって逃げるんだよ」などと言って笑う。好きになってしまう。

元気そうだと安心するけど、
別に自分が安心したいために
君の元気を願っているわけではないので、
君は安心して元気でいてください。

美容師とかメイクとかスタイリストとか、人を美しくしてあげる職業がモテるのよくわかる。あとあれ、健やかにしてあげる人。医者とか看護師とか。あとはなんだ、話をよく聞いてくれる人。これは間違いない。根拠なんかないくせに「大丈夫だよ」とかすぐ言う。間違いない。

人を相手に仕事をしているなら評価は自分ではなく
他人がするものだということくらいわかっておけ、
と自分に言い聞かせながらも
「よくやった」くらいは思っていい。
褒めるではなく労う感覚。よくやった、よくやってる。

自分だけつらいのは本当につらいけど、自分だけ幸せなのはそれほど悪いことでもなかったりするから、幸せになれる人はどんどん勝手になっていけばいいと思う。とりあえず周りは置いといて、まずは自分からなっていけばいいと思う。

慌ただしいはずの朝から髪をきれいにしてきてる人ってちゃんとしてる感満載でいいなあと思う。

好きな人たちが楽しそうにしてるの見てるだけで楽しい、笑う。

抱えている悩みや問題のなかで
「勇気を出す」みたいなことだけで
進展や解決がみられるものって
どれかなと考えたら、
頭のなかちょっとすっきりした。

朝から思い詰めている人を見かけると心配になるけれど、
単に夜が終わっていないだけなのかもしれないと思った。
おやすみを言う人がいればいい。

無表情は無感情にあらず。考えているんです、僕たちだって胸のなかぎゅーってなり
ながら考えているんです。

頑張りは
必ずだれかが見ていて
くれるらしいのだけど、
だれもなにも言ってこない
ことから考えるに
そもそも
頑張りが足りないか、
あるいは
こっそり頑張って
しまっているかである。

嫌なことを思い出してしまったときに
思い出すいいことを持っていたい。
言葉やできごとじゃなくてもいい。
顔や声ならうれしい。

勝負に負けるのはいやだしそれに慣れてしまうのは
もっといやだけど、負けて悲しんでいる人に
「負けてもいいんだよ」と言えたので、
負けたことがある自分でよかったと思った。

別れは訪れるもの。
だからもう泣かないで。
出会いは引き寄せるもの。
だからまた、きっと会える。

どれだけ気をつけていても人間はかぜをひくのだし、頭のなかや胸のうちが健やかでないこともその程度に思えたらいいのになあと思う、寝たら治るみたいに。

「一目会えるだけでいい」的な考えは実際に一目会えると一瞬で覆るから注意が必要。

もしも自分を救えるのは自分しかいないとしたら
「やってやろう」みたいな気持ちになりそうだから
自分を救えるのは
自分しかいないってことでいいと思う。
そうだよ、やってやろう。

君の「大きらい」は会いたいに聞こえる。

大失恋が待っていようとも大恋愛をしよう。

言葉だけでも美しくありたい。

「バイバイ」より「またね」
「ごめんね」より「ありがとと」
「あたしも」より「好き」

「いい感じ」より「幸せ」って言おう。

「迷ったら苦しい道を行け」という教えはすでに苦しいですし、元気になれたら自分で決められますので、決めたいですので、「ごはん行こう」くらいがちょうどありがたいのです。うれしいのです。

転ばない歩き方もいいけれど、
起き上がり方ならもっと知りたい。
気をつけて歩いたってどうせまた転ぶ。
痛いのはこれがはじめてじゃないし、
また歩こうと思えるなら平気。
転んで泣いてもうだめだって思って、
ふてくされて寝そべっていたら空が青かったとか、
そういうのがいい。
砂を払おう、歩いて行ける。

タイミングの話

【タイミング】を辞書で引くと、「ある物事をするのに最も適した時機・瞬間」とある。

そのとき僕は、タイミングがよかった。

彼女は高嶺の花を絵に描いたような人で、僕のような貧相な男が簡単につきあえるタイプではなかった。けれど出会ったその日から、僕は彼女の好意をたしかに感じ取ることができた。そう、彼女のほうから交際を切り出すくらいに。

つきあいはじめて数カ月ののち、僕は謎を解こうとする。高嶺の花が貧相な男に恋をした理由だ。

彼女はある人との関係を語った。大好きで、長くつきあい、そしてひどくふられたのだと言った。その直後に僕と出会い、すぐに惹かれたのだと言った。いまとなっては、あのときふられてよかったと思う、と言った。

僕じゃなくてもよかったのかもしれない。

きれいで、やさしくて、夢があって、才能があって、まっすぐで、涙もろくて、僕と出会って元気になれた人。

そのとき僕は、タイミングがよかった。そのとき僕たちは、タイミングがよかった。

なりたい人になるまで終われないからまだ終われないということだ。わかりやすくていい。

顔を上げなければ星空に願うことすらできないじゃないか。

ハグも頭ぽんぽんも自分でできるけどキスだけは無理なのでキスはすごい。

「実りそうにない恋愛でもなにもないよりか全然いいじゃん」みたいな話になってみんなうなずいてた。なにもないのって寂しいもんね。傷つくのはいやだけど、なにもないのも同じくらいいや。

自分以外に自分のことをまじめに考えてくれる人がいるの安心する。

プレゼントに手紙を添える人は信用できる。

会いたい人がたくさんいるの幸せ。

「僕の隣で勝手に幸せになってください」くらいがちょうどいいのかもしれない。

贅沢な遊びってなに？　という話になり旅行や豪華な食事などが挙げられていくなかでひとりが「長電話」とつぶやいて言えてると思った。

いろいろと大変だった仕事を終えたあと「大変だったね」と言われただけで泣きそうになったから人には労いが必要。

笑わせようとしてくれる人が周りにいるの幸せ。

感謝の気持ちを忘れたらだめだな。もらったものは返さないとな。表さないとな。

上には必ず上がいるから負けることはそれほど恥ずかしいことじゃないけれど、自分に負けるのは甘えで救いがない。

信頼関係にある人とのあいだでも嘘はある。なにもかもをさらけ出してつきあうのは疲れるから、正直さはほどほどでいいと思ってる。ただ、誠実さは別。ここは求めたいし、応えたいとも思う。

身近な人への尊敬を忘れるのやめたい。自分の持ち物のように錯覚するのやめたい。

「そんなかっさかさの唇で言われても全然説得力ないから！」と言われてリップクリーム買った。冬だ。

泣かないでと言ったり泣いていいよと言ったり、どっちなんだよって話なんだけど、泣かないでが「泣かなくても大丈夫」で、泣いていいよが「泣いて大丈夫になろう」なら使いわけられる。使いわけてあげられる。

弱ったときほど会いたくなるから
弱るタイミングが違う人がいい。
救ってもらえそうだし救ってあげられそう。
支えあってる感がちょっとうれしかったり。
いいな。

同僚女子に理想のタイプを訊いたら「寒い日のココアみたいな人」とのことだった。わかる。

自分は自分だとわかっていてもだれかになりたくなる瞬間があって、そういうときは心がとても安定しているときかとても不安定なときかのどちらかであることが多い。安定しているときは「こんなふうになりたい」で向上心が手に取れる。不安定なときは「あいつはいいよな」で逃避だ。逃げたくない。

会えなくても会いたいくらいは知っておきたいから会いたいは言っていい。

お守りをくれる人の存在がお守り。

だれかに会いたくなる曲はもう全部名曲ってことでいいと思う。

好きな人の「もしもし」は名言。

恋多きモデルさんがひと夏の恋のことを「サマーソニック」と言ってたのとてもよかった。音速で駆け抜けるらしい。よい。

仕事でご一緒した紳士に「おまえさ、せっかく男に生まれたんだからたまには女に花のひとつでも贈ったりしろよ」と言われたの妙によかった。花のひとつでも贈ったりする。

電車で隣に立っている女子、吊り革を持つ手の甲にペンで「おとん誕プレ」と書かれていて、この時点で抱きしめたいし、もう一方の手には大きめのユニクロの袋を持っていて、おとんに贈るダウン的な物だと考えたら心まであたたかいし、おとんの子育て間違ってなかったし、結婚してないけど娘ほしいいし。

CHAPTER 2

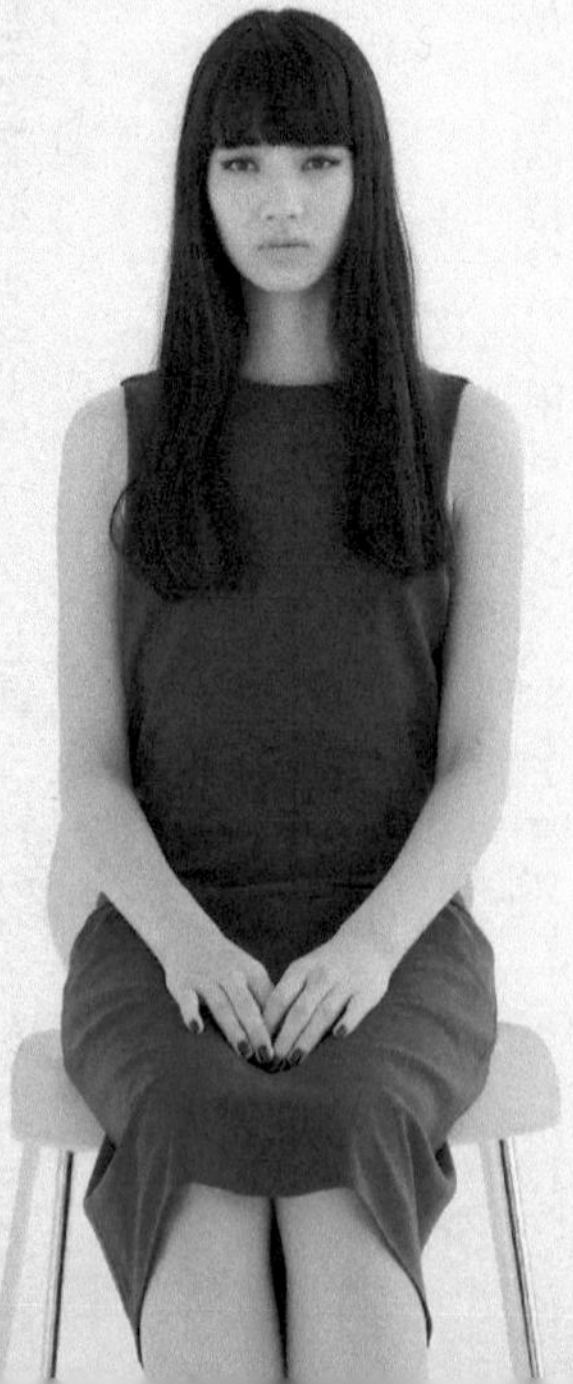

青

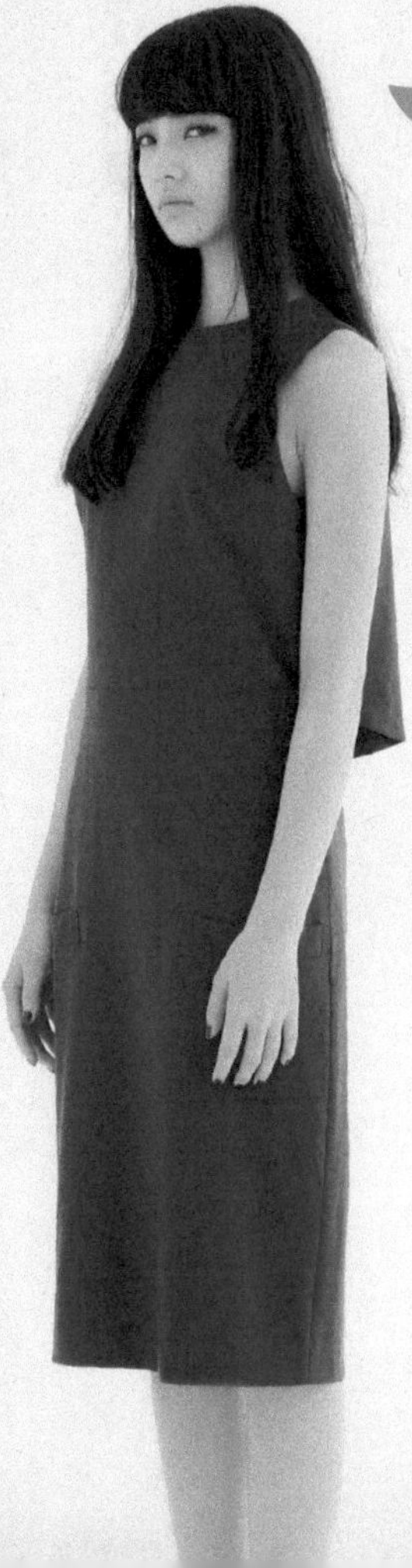

泣いている人に「泣かないで」
と声をかけるとさらに泣く。
人は泣く、悲しみに泣く。
人は泣く、やさしさに泣く。
泣き止んだのち
「ごめんね」か「ありがとう」
を言うはずの君に、僕は、
生涯最高の「いいよ」を用意しておきたい。
人は泣く、いくつになっても泣く。
いいよ、それでいいんだよ。

自分のことを後回しにしてまで人にやさしくするような人にこの世のすべての幸せが降り注いでほしい。

子どもってなにやるにしても「見ててね！」ばっか言うイメージがあるけど、なんだよ大人だってそうじゃんか、十分面倒じゃんか、みたいな自覚、おおいにあり。見守ってくれ頼む。

好きなものが一緒だと距離が近くなった気がしてうれしいのでどんどん教えてほしい。

女子ってちょっと見ないあいだにかわいくなったり
大人っぽくなったりするじゃないですか？
そんなときはちゃんと褒めますから、もしも男子がちょっと見ないあいだにおなかが出たり（かわいい）ハゲたり（大人っぽい）したときは、
抱きしめてあげてほしいんですよ。
大丈夫だよって言ってあげてほしいんですよ。

どこからがセクハラなのかあらかじめ言っておいてもらえると助かりますよね。
人生の春が来た人に「あたたかいですか？」と質問して「花が咲くくらいに」と返ってきていい話って思いたい。

僕もだれかの太陽になりたい。無理なら
LEDくらいでもいいし、最悪ハゲて照らす。

これでもう最後なのに明日も会えるみたいに軽く手を振って別れたりしたい。
うれしいことがあったときにいちばん最初に教えてもらったりしたい。

もし君になにかいいことがあったとき、
いちばん最初に
知らせたい人でありたいと思うんだよ。

だれかの人生を歩むことはできないけれどだれかと人生を歩むことはできるから結婚したい。

相手が不機嫌なときの対処法ってよくわからなくて、結果的にもっと不機嫌にさせてしまったりするから、あらかじめ好きなものとか楽しくなることとか100個くらい教えておいてほしい。

値引きシールを貼るのでそろそろ手に取られたい。

好きな人からほしい物を訊かれた際「手紙」と答えるような人にこの世のすべての幸せが降り注いでほしい。

好きな人みんな自転車で行ける距離に住んでたらいいのに。
嘘ついてたまたま通りかかるのに。

飽きたという理由で捨てられるの立ち直れないので、せめて「おなかいっぱい」みたいにかわいく言ってほしい。無理ならどうか捨てないでほしい。

過去は美しくなる一方で勝てる気がしないため、
思い出のなかのだれかと比べるのはやめていただきたい。

好きだった人に似ていたからという理由で
はじまってもいいけれど、
好きだった人とは違うからという理由で終わるのは
あれなのだよ、それはね、
とてもあれなことなのだよ。

人に期待してもがっかりすることが多いから自分に期待したい。ロト6とかも買いたい。

大事なことを言うときって照れがちで、ちゃんと顔を見られなかったりするから、パーティーグッズコーナーで売ってる大仏のマスクとか被っていいことにしてほしい。

涙腺にトイレの水洗ハンドルみたいなのつけてコントロールしたい。大と小があって、うれしいときは大にする。心が洗われる。

ギャップな一面を知るのもいいけど、
イメージどおりな一面を知るのも同じくらいいい。

僕がもしバンドマンだったらライブに好きな人を招待して「じゃあ今日最後の曲です。大切な人に捧げます、聴いてください（ちょっと間を置く）『太っても愛すからハゲても愛してくれ頼む』」とか言いたい。

言葉じゃどうにもならないときの言葉がほしい。

細かいところまで気がついてというか、
しっかり見て評価してくれる人ありがたい。
もうちょっとやってみようみたいな気持ちになって
向上心湧く。

一緒に笑った思い出も大きいけど、
一緒に泣いた思い出は
もっと大きいと思うから、
なにかを一緒に成し遂げて
泣いたりしたい、
力を合わせたりしたい。

自分でも忘れてしまっているようなことを
覚えていてもらえるのうれしい。

最高の笑顔でおはようを言ってくる人って朝ごはんなに食べてるんだろう、見習いたい。

家具屋さんでソファーを選んでいる女子の後ろにこっそり立って彼氏のふりをしたい。

死ぬときはふわっと眠気が来たみたいなのがいい。落ちる間際に好きな声が「明日の朝はパンがいい？　ごはんがいい？」と訊いて「任す」なんて返す。あとのことも任す。ごめんねと言ったら怒るだろうからありがとうにする。

「パジャマ、これ使ってくれていいから」とやさしい一面を覗かせながら面積の狭い水着を渡したい。

寝言で名前を呼ばれて明日も頑張れたりしたい。

頑張れる理由になれたりしたら
頑張れる気がするから
頑張れる理由にならせていただきたい。

待つことの話

見つめる鍋は煮え立たない、ということわざがある。まだかな、と鍋のふたを開けてばかりいては煮えるものも煮えないし、なにか別のことでもして待っていたほうが早くて楽だよ、という教え。

待つことが上手になれたら待たされることも苦ではなくなる。

待つという行為にはポジティブなものとネガティブなものの両方のイメージがある。前者をひとことで表すのなら、期待。

もしも僕が女子だったとする。

彼氏とのごはんの待ち合わせに早く着き、「ごはん楽しみ。期待で胸がGカップです。

実際はAだけど」と送信する。「もうすぐ着く。あとAが好きです」と返信があり、「大好き」と返す。

後者はなんだろう。停滞とか、たぶんそういった類。

「ごはん楽しみ。期待で胸がGカップです。実際はAだけど」と送信する。「ごめん、いま起きた」と返信があり、「死ね」と返す。

なにをして待とうか。

私はじゃがいもとにんじんと玉ねぎとお肉とルーを買い、彼氏の家へ向かう。チャイムを鳴らし、出迎える寝起き顔に、「カレーでいい？」と訊く。「ごめん、あと好きです」と返事があり、「私も」と返す。

待つことが上手になれたら待たされることも苦ではなくなる。

「ね、お皿出して。鍋が煮えたよ」

元気がないときにやさしくされたら好きになってしまうと思うし、元気があるときにやさしくされても好きになってしまうと思うのでいつでもお願いします。

湯たんぽの代わりくらいにはなれますのでよろしくお願いします。

心細いときに「ひとりじゃないよ」と言ってもらえたら好きになってしまうと思うし、心細くないときに「ひとりじゃないよ」と言ってもらえても好きになってしまうと思うのでいつでもお願いします。

ナチュラルに車道側を歩きますのでよろしくお願いします。

落ちこんでいるときに「大丈夫だよ」と言ってもらえたら好きになってしまうと思うし、落ちこんでいないときに「大丈夫だよ」と言ってもらえても好きになってしまうと思うのでいつでもお願いします。

次の約束があると明るく生きていける気がするのでよろしくお願いします。

泣いてしまいそうなときに「泣いてもいいんだよ」と言われたら好きになってしまうと思うし、泣いてしまいそうではないときに「泣いてもいいんだよ」と言われても好きになってしまうと思うのでいつでもお願いします。

手があいている人は抱きしめてくれていいんですよ。

泣いているときに抱きしめられたら好きになってしまうと思うし、泣いていないときに抱きしめられても好きになってしまうと思うのでいつでもお願いします。

僕の好きな人と仲よくしないでください。

頑張りが必要なときに「応援してるからね」と言われたら好きになってしまうと思うし、頑張りが必要じゃないときに「応援してるからね」と言われても好きになってしまうと思うのでいつでもお願いします。

じゃあねはやめてください
できればまたねって言ってください
笑って言ってください。

アドバイス的なものはいらないから話を聞いてくれるだけの人ほしい。たまに「えらいね」とか「おまえは悪くない」とか言ってほしい。

ハグをされるとストレスが軽減されると聞いています。前からでも後ろからでも大丈夫です、よろしくお願いします。

「今日会えてよかった。明日からまた頑張れる、ありがとね」みたいなこと言われたらこっちも頑張れると思うので会えた人はどんどんお願いします。

なにをやらせてもよくできる人のだめな一面を見ると安心してちょっと好きになったりするので二面と三面もお願いします。

かぜをひいているときにごはんをつくりに来てもらえたら好きになってしまうと思うし、かぜをひいていないときにごはんをつくりに来てもらえても好きになってしまうと思うのでいつでもお願いします。

素直な人はその分きっと傷つきやすくて損することもあるかと思うけど、僕はそんな人のことが大好きだし、まあなんと言うか、どうぞいつまでもそのままでいてください。

寝ても治らないことはだれかに話すと楽。話す相手がいないときは文字にすると楽。

「またね」を守れない大人になってしまったから約束を辞書で引こう。

上には上がいるから負けることはそれほどかっこ悪いことでもないのだけれど、負けることに慣れてしまうのはちょっともうどうしようもなくて、自分を責めようにもまず負けたことに気がつくところからはじめなければならず、はあ（ため息）なのである。

はあ（ため息）なのである。

退屈だと眠くなるけど安心でも眠くなるから安心は実は退屈なことなのかもしれないし、そういうものの大切さはだいたいが失ってから気がつくタイプのもので、もうなんか「あーあ」ってなる。

人は逆境をバネにできる生き物だから、気になっていた人をごはんに誘って「じゃあ今度みんなで行きましょう」と返ってきても全然大丈夫です。

僕のことだけ見ておいてほしいとか、本当はそういうことを言いたいんです。本人には言えないからです。

大人になって知ったのは、弱さは隠せるようになるだけで、強いわけじゃないということ。

人にものを教えるのって難しいな。知識と同時に興味も与えなきゃならない。

人の話より面白いものまだ見つかってない気がする。僕ももっと話そうと思う。自分を表していこうと思う。

自分からきらわれようとする人のことを不器用だと思ったけど「これ以上傷つかないようにするため」と聞いて器用だと思った。

大切な人と同じ涙を流したとき、忘れないと言え。泣き顔を見ることも見られることもつらくて、それでも忘れないと言え。声に出して言え、言葉として送れ、たとえいつか忘れてしまおうとも忘れないと言え。君の涙を忘れないと言え。

人恋しいと自分恋しいがある。人恋しいはなにも考えたくないときが多く、逃げや甘えなのだなあと思う。自分恋しいは考えたいときが多く、攻めや抗いなのだなあと思う。

片思いが思うほど両思いは安定していない。

ものごとを斜めから見る癖がつくと本質を見失う。
好きな人の顔を見てみろ、向きあって見てみろ。
どうだ、愛しいか。
「寂しい」には気づいたか。

涙も節約できるといい。
泣いたらなんとなくすっきりするから、泣けるうちはまだましなのかもしれない。

たとえば2月14日以外にもらったチョコレートにお返しをする発想がないからモテないんだろうおまえは。

会いたいを貯金しても貧しくなるだけじゃないか。

信じてほしければおまえがまず信じろ、みたいなのほんとつまんないな。嘘つかれたことないのかな。傷つくのが怖いんだよ。

尻がきゅっと上がっている女性を前に、男性が覚えるある種の高揚を「尻上がりによくなる」とは言わない。

「自分らしさを忘れずに」と言われてそうだよなと思ったけど、よく考えたら自分の自分らしさがなんなのかわからないし、忘れる以前に得てすらいない可能性がある。

もしも髪の色が空のような青だったら
白髪は雲で年を取るのも悪くなくなる。

悲しいときに暗い曲を聴きたくなることはあるけど、悲しいときに暗いやつに会いたくなることはないのちょっと不思議。

周りの人たちがみんな強く生きていて励みになる。くよくよなんかしていたらあっさり置いて行ってしまうような彼らでよかったなあと思う。走る。

時間とお金はいつの間にかなくなっていたりするけれど、全部自分で使ったに違いないので自分を責めよう。部屋の隅で三角になったりしよう。

やりたいことを仕事にできなくても趣味としてずっと愛していく人は本当にすてき。

ちゃんとはじまったのならちゃんと終わろう。

理想のタイプの人とつきあえることになりその人も僕を好きだと言ってくれて楽しい日々がはじまると思ったけど、その人がチョコスティックパンしか食べられない人で結局別れた夢を見た。チョコスティックパンを持ってピクニックに行ったことがいちばんの思い出だった。ごめんねと言ってふたりで泣いた。おはよう。

お金がなくて
安いごはんしか行けなかったけど
「一緒に食べたらなんでもごちそうだもん（笑顔）」
と言われて泣きたい。

このあとどうしよっか的な雰囲気になったときに「うち来る?」とプリントされたTシャツに着替えて無視されたい。

直接的に誘うのが恥ずかしくて「こちらには君の好きな具を米粒にねじこむ用意がある」と言ってみたものの「ピクニック行く?」と真正面から返されて「はい(照)」みたいになりたい。

メガネやサングラスの売り場で「ちょっとこれかけてみて」となって似合うとか似合わないとか言いあってウケ狙いの物をかけて笑いあってじゃあふたりでこれかけたまま撮ろうよとなってインカメを起動してイエーイみたいな顔をするけど内心やばいよ近いよドキドキだよ的なやつ興味あります。

好きな漫画を貸し借りしあってるうちに気がついたら結婚してたい。

恋人とけんかになり気まずい雰囲気のなかでひとつの布団に入って眠ろうとするもなかなか寝つけず背中越しで「寝た？」「起きてる」「なんか寝れそうにない」「あたしも」「……ごめんな」「ううん、ごめんね」とやってじんわり泣けてきて翌朝今シーズン最高の笑顔でおはようを言いあいたい。

ドラマでよくある「大事なことを言って振り返ったら相手が寝ていて聞こえていなかった」みたいなのやりたい。「好きなおでんの具なに？　俺は厚揚げって、なんだ寝たのか」と自分の上着をかけてあげて、気がついたら僕も寝ていて、「上着ありがと。あたしも厚揚げ」という置き手紙を見つけて恋に落ちたい。

目が覚めると好きな人が僕を覗きこみながら「険しい顔してたけど怖い夢でも見た？　もうすぐごはんできるよ。あ、さっき荷物届いてた。ピンポン鳴ったから勝手に出ちゃったけど、ハンコの場所がわからなくてサインしたよ。お嫁さんだと思われたかな？　えへへ」と言ってすてきな日曜日がはじまると思いたい。

会えたときのために初笑いを取っておいたと言われてじんわりと初泣きしたい。

「ね、ささやかな幸せってあるよね」「あるね」「信号が全部青とかさ、電車がちょうど来たとかさ、ピース出そうになるよね」「なるね」「でも全部思いどおりにいったらさ、なんて言うか、幸せのこと舐めちゃいそうだよね」「舐めちゃいそうだね」「……」「……」「あたしのこと好き?」「大好き」

キッチンからの物音で目が覚め、そうだ、昨日から一緒に住みはじめたんだっけと体を起こし、でもあれ、いくら一緒とはいっても最低限のデリカシーはあって、鏡を覗き、寝癖に手をやり、笑顔をつくっておはようを言いたい。

はじめてふたりで遊んでとても楽しかったのに「ね、これってデート?」と訊かれて「え? じゃないの?」と返して以降急に沈黙になり、ああ、これは脈なしだなあと悲しい気持ちになっていたら「じゃあスカートにしたらよかった（笑顔）」と言ってきてはじまりたい。

「顔になんかついてない？」と訊いたら「かわいい目とかわいい鼻と奪いたい唇がついてる」と言われてはじまったりしたい。

自分から甘えるのが苦手な子が
布団のなかでもぞもぞと手をつないできて
世界がふたりのものになりたい。

「おみやげなにがいい？」と訊いたら「おしゃれなキーホルダー」と言うのでここはセンスの見せどころと張りきって選んで帰ったら合い鍵をつけて「はい」って渡し返されたい。

「ね、朝に飲むコーンポタージュっておいしいよね」「おいしいね」「寝起きってさ、顔とか頭とか死んじゃってるけど、飲んだらぽかぽかしてきて生き返るよね」「生き返るね」「まあ あれ、もともと死んではなかったんだけど」「死んではなかったね」「……」「……」「あたしのこと好き？」「大好き」

帰り道の途中で「あ、もしもし、あたしです、さっきはありがとね。いま大丈夫？あのね、えっと、あれ、なんだっけ、声聞いたら忘れちゃった、うふふ。じゃなくて！えーっと、あのですね、つまりなんと言いますか、よし、ちゃんと言う！　好きになってしまいました！」と電話があってUターンしたい。

別れる別れないのけんかの最中にズボンがずり落ちて笑い転げて仲直りしたい。

「俺たちずっと一緒だから」「ずっとはやだ」「え？」「曖昧な感じがやだ」「なんだよ曖昧って」「だってずっとなんて言葉超曖昧じゃん」「じゃあ健やかなるときも病めるときも富めるときも貧しきときも幸福のときも災いのときも順境のときも逆境のときも愛し敬い支え歩み死がふたりを分かつまで一緒だから」「うん」「うん」

妄想は無料なのでとても助かる。
ポジティブシンキングとも言う、助かる。

君を守りたい（納期）
冷たくしてもめげずに追いかけて来てかわいい（納期）
眠れない夜、君のせいだよ（納期）
君のこと、守るからね（納期）

納期が鬼すぎて犬と猿とキジが必要。
納期を守れないやつは
だれのことも守れない（鏡に向かって）

納期「俺を倒してから行け」

人生はドラマの話

人生はドラマだ、と言われたら、まあ、そうだなあとは思う。ただし同じことの繰り返しになりがちな毎日に、それを実感する機会は少ない。

恋に夢見がちマンとしては断然出会いにドラマを求めたいのだけれど、僕には、たとえば本屋や図書館で同じ本を手に取ろうとしたことからはじまるようなそれは起きないと思う。

起きたとしても、「本取ろうとしたら知らないやつが横取りしてきてキモい笑」などとSNSに投稿されて終わりになりそうだ。夢見がちなうえにキモくて申し訳ないと思う。

一方で、別れにはドラマが起こりやすい。

目に涙をためながら、「いままでありがとね、元気でね」などと言われたら、たとえその女の浮気が原因で別れるハメになった最低案件だったとしても、僕はじんわりときてしまう自信がある。

結婚や出産にはわかりやすくドラマを感じる。まだ当事者になったことはないけれど、周りの人たちを見ているとそう思える。

一生に一度のできごとかもしれないことは、もう全部そういうことでいいのかもしれない。いや、それなら、一生に一度の今日という日の連続は激動のドラマじゃないか。

人生のドラマはいつでも起こっていて、それに気がつかない日、僕たちは通行人Aのような顔でいるのだろう。

CHAPTER 3

白

死にたい夜に
長電話してくれる相手がいれば
その分長生きできるので、
僕はそんな人を見つけようと思います。
とてもよい考えです、
ひとりではすぐに死んでしまいそうだからです。
ちゃんとした大人でもです、
ちゃんとした大人ほどです。

笑顔でおはようを言ってくる人、めっちゃ癒される。僕がもし石油王だったらポケットに無理やり5万円ねじこんだりしたい。

指がきれいな人が好きだけど、字がきれいな人はもっと好きだから、後天的な才能により惹かれるのかもしれない。がんばったで賞とかあげたい。

最後に「おやすみなさい」って書いてあるLINE好き。安心する。

感情から表情への受け渡しにロスが少ない人って太陽みたい。好き。

人にお礼を言ったり言われたりするの好きだけど、目にいっぱい涙をためてなのに顔は精いっぱい笑って「ありがとう」みたいなのはたまにでいいです。特別な日にだけでいいです、特別な人とだけでいいです。

お返しの精神を持ってる人好き。大人。

僕の周りには、なくても死なないけどあるとほんの少し豊かな気持ちになれます、みたいなものをそれこそ死ぬ気でつくっている人たちがいて、ばかだなって思うんです。好きだよって思うんです。

地位や才能があるのに謙虚な人好きすぎる。すれ違いざまにポケットにキットカット入れてあげたりしたい。

「会えたら話したいこと全部忘れちゃった！　好き！」ならかわいいし、たぶん全部伝わる。僕も好きだって思う。

よく笑う人が好き。人を笑わせようとする人はもっと好き。

自分でも気がつかないような自分のいいところを見つけてくれる人なんなの、好き。

いいことがあったとき自分のことのように喜んでくれる人好きすぎる。

駆け戻ってまでありがとうを言われたら頬骨が砕けるまでぐりぐりしたくなる。かわいらしい人が好き。

ちゃんとしてる人が好きなのに

自分がちゃんとしてないとかずるい。

ずるい人はもうあれです、今日のアイスなしです。

あることで
悩んでいた友人が
「迷ったときは
裸の自分になって
考えるのがいいよ」
と言われて
お風呂に入った
話が
とても好き。

悲しそうにしていたので手を差し伸べたら目にいっぱいの涙をためながらチョキを出してくるような人が好きです。よろしくお願いします。

君の過去以外全部好きだよ。

笑うと目がなくなる人どしたの、好き。

落ちこんで体育座りをしていたらなにも言わず背中を合わせて体育座りしてくるような人が好きです。よろしくお願いします。

褒めたら「えへへ」みたいな顔する人なんなの、好き。

だれも見ていなくても
ごちそうさまを言う人、
ありかなしかで言うと
結婚したい。

沸点の話

水に沸点があるように、僕たちの胸にもそれはある。

ささいなことでもすぐにキレてしまうような人とはなかなかうまくやれないのだけれど、笑いの沸点は低ければ低いほどいい。なにをしてもなにを言っても笑ってくれる人、天使なのでは、と真面目に思う。ここへ舞い降りてくれてありがとう。僕も笑う。

あるとき好きになった人は笑いと涙の両方の沸点が低く、よく笑いよく泣く、感情のとても忙しい人だった。

さっきまでにこにこしていたはずが、ふと目をやると音も立てずにぽろぽろと泣いていたりするので、こちらはもうおろおろとするしかないのだけれど、理由を訊くと、「うれしくて」などであったりして。

えっ？　たったそのくらいのことで泣いてうれしがるとか？　ピュアな人かわいい最高！（薄汚れた大人になってしまった自分を全力で責めたい）

さあ、お湯を沸かしてお茶をいれよう。コーヒーや紅茶であたたまろう。そして僕たちは話をしよう。笑ったり泣いたり、話をしよう。

水に沸点があるように、僕たちの胸にもそれはある。

Thema

思ったこと

ものごとがうまくいかなかったときに「そう来なくっちゃ（ニヤリ）」的なリアクションする人ってドMなのかな。僕はどんどんうまくいきたいしどんどん次へ行きたいから「チッ！！！！」って思う。どんどん行きたい。

空回りしてるときってなにも入ってない引き出しをなにも入ってないと知りつつ開けたり閉めたりしてる感じある。

まだ若いのに夢をかなえた人のこと尊敬する。もう若くないのに夢をかなえようとしている人のこと尊敬する。

イントロがはじまった瞬間に「おお！　この曲好きな感じ！」と思ったのにサビまで来て「なんか違った」みたいになることよくある。だいたいそんな感じでふられる。

かわいいよりかわいげのほうが正義っぽい。

同性からも愛される人は特別。

ごはんをつくってあげるとき、照れ隠し的に「ひとり分つくるのもふたり分つくるのも同じだから」とか言ってしまうのとてもいいと思う。

けんかにならない人と仲直りが上手な人がいたらどっちを選ぶかなと考えたけど、相手をしてくれる人がいるだけで幸せなことなのだった。

「トマトに塩をかければサラダになる」
みたいなの好き。
変われると思いたいじゃないですか、
やればできると思いたいじゃないですか。

けんかになって謝ったときに「謝ってくれてありがとう」とか言う人どしたの、地上に舞い降りた天使なの。

尊敬する人がどんどん身近な人になってきてるのは大人な気がする。
昔は好きなアーティストとかだったけどいまは親とか。

涙袋が大きい人に「なかになに入ってんの」と訊いたら「悲しみ」と返ってきたの妙によかった。

好きな人に「そのままでいい」と言ってもらえたら自信が持てそう。顔を上げられそう。このままじゃだめだと思えそう。

永遠を誓って一緒になっても別れるくらいだし、恋愛絡みの嘘や裏切りを引きずっている人にははじめてじゃないでしょうにと思ったりもするけれど、捨てた側が捨てられた側のことをいつまでも自分の持ち物のように思っているのは傲慢だと思いますね。過去の分際で現在に触るな。

心が狭いときって人に求めてばっかでよくない。

返信がないとせめて届いているかの確認をしたくなるけど、きっと普通に届いているし、重いと思われるのもいやだし、もう布団に携帯を投げるくらいしかできないんだけど、壊れるのもいやだからリリースの最後のところで手加減なんかしちゃって、あとは自分を責めるくらいしかすべがない。

「俺が忘れさせてやる」より「俺のこと覚えさせてやる」のほうがかっこいいしかわいいし期待ができそう。

人の考えを否定しなきゃならないときに「夢見すぎ帰れ」と「かなえてから来い」なら後者だと思うんですけどね。後ろ向きな意見であっても前向きに表したいですよね。こっちに余裕がないと前者のようになっちゃうんですけど。

いつの間にか「悔しい」が「うらやましい」になっていたから負けることに慣れたんだと思う。次は「妬ましい」かな。終わる。

好きな漫画の次のページをめくるように明日を迎えられたらだれも死にたいだなんて思わないし、それがスカートなら生きたいとすら思える。

胸を目がけて
投げないと届かないし
受け取ってもらえないから
「言葉のキャッチボール」は正しい。
距離を縮めて、
最後は手渡しがいい。
好きです。

おまえはだめだと言われつづけたら本当にだめになっていくのかな。自分で自分を毎日少しずつきらっていくのかな。じゃあ逆は。あなたはすばらしいと言われつづけたらそうなれるのかな。自分で自分を毎日少しずつ好きになって、穏やかになって、だれかにも言ってあげられるのかな、あなたはすばらしいだなんてさ。

一円を笑う者はご縁に泣け。

指を結ぼう、想いを結ぼう。

明けない夜はないけれど、晴れない朝はやっぱりあって、傘のように守ってくれる人がいてくれたらと思う。受け止めてくれる人がいてくれたらと思う。

つながりのなくなったあともそれぞれの暮らしはつづいていくのであって、友情や愛情が過去形となってなお、幸せを願う。ともにあった日々の愛おしさ。すてきな人生を。

歩み寄りはきっと心の待ち合わせみたいなものだから、
プライドを汚したりはしないよ。
折れるのはいやでもさ、曲がるくらいいいじゃん。
ふたりで曲がりあってさ、お辞儀みたいでいいじゃん、またよろしくって。
待ち合わせしよ、仲直りしよ。

年越し蕎麦もいいけれど年越し傍ならもっとよかった。

ナイフを手にすると切りつけてみたくなるんですけど、傷つけてみたくなるんですけど、りんごを剝いたら喜んでもらえそうだし、うさぎを象ったら褒めてもらえそうだし、上手に使いたいと思うんです。言葉を、選んでいきたいと思うんです。

人ってなんで涙もろくなっていくんだろう。泣きたくないときに泣けてくるのはやだな。泣きたいときに泣けないのはもっとやだけど。

つきあうとだめになっていくやつ安心を休みと間違えてそう。

鍛えなければ弱るのは心だってそうだよ。

一度の浮気は許せるのに一本の鼻毛を許せないのおかしい。

本当は悲しいのに
明るく振る舞って
周りに気を使わせまい
とする人から順に
幸せになれ。

ふたりで流星群を観るような仲だったらもう半分くらいは願いごとかなってんじゃないの。

弱さを見せろと言う人はそのあとちゃんと守ってください。

頑張った分だけでいいから報われたい。

「頑張れ」を「頑張ろ？」と言う人とは
一緒に頑張っていけそう。

忙しいのに連絡くれるの、無理しなくていいよと思いつつけっこううれしい。

片思いの子のパンツに人生の答えが書いてあったら、いまこの瞬間からがむしゃらに生きてなにもかもを遂げられそう。

前向きな話ばかりじゃなくても全然いいから、後ろ向きな話でも全然聞くから、下向いて話すなって言ってるんですよ。こっち向いて話せって言ってるんですよ。そっち向いて聞くからって言ってるんですよ。

じわじわくる

Thema

今日聞いた話でいちばんじわじわきたのは「こっちはその気になってるのに彼氏が全然襲ってこないときは『相撲しよ?』って言って、いきなり相手のまわしを取る感じで突っかかっていくよ。まあどんだけ頑張ってもあっさり投げられたりするんだけど、そのあとだいたい襲ってくる」です。

今日聞いた話でいちばんじわじわきたのは「息がくさいやつはなにをやってもだめ」です。

同僚女子が「家飲みのときにジーマ、スミノフ、スカイブルー周辺ばっか攻めるやつなんかムカつく」と言ってたのじわじわくる。

あの人とどうなったの？　と訊いたら「あんだけ愛しあってたのにいまはお互い死ねばいいのにと思ってる」と返ってきたのじわじわきてる。

モデルさんを迎えに行った同僚から「お肌の透明感がすごすぎて隣にいるのに見えない！　だって透明だから！」と連絡があってじわじわ面白い。

ネットからはじまった人が「本名を教えあってからが交際」と言ってたのじわじわきてる。

「あたしのどこが好き？」に「顔」と答えるとだいたい「顔かよ！」的な反応が返ってくるのだけど実はあとからじわじわうれしいらしいので積極的に使っていこうと思う。

今日聞いた話でいちばんじわじわきたのは「このあいだ彼女とキャッチボールしたんだけどさ、あいつ、スライダー投げてきたんだよ。なんか冷めたわー」です。

今日聞いた話でいちばんじわじわきたのは
「チャラいやつは足音もチャラいから
やって来るとすぐわかる」
です。

今日聞いた話でいちばんじわじわきたのは
「俺、最近自撮りを極めてきて奇跡の一枚を連発できるようになったんだけど、新しい構図を！　と思いきった角度にトライしたら頭頂部が薄くなってることを知るに至って有給取って山登った」
です。

今日聞いた話でいちばんわかる気がしたのは「周りのやつらが成功したり幸せになったりしていくの見ると俺もうれしくなるけどさ、弁当をあたためたときに隅っこの漬け物まで一緒にあたたまっただけというか、つまりそれが俺。ふと虚しくなったりするんだよな、俺もごはんとかおかずになりたいよ」です。

今日聞いた話でいちばんかわいかったのは
「できれば毎日連絡取りたいけどつきあってるわけでもないから、でも『こんばんは』とかは変だし『話そう』とかは絶対無理だし、結局『夜ごはんなに食べた?』とかになっちゃう」です。

今日聞いた話でいちばん勉強になったのは「裸で背筋を伸ばして立って、下を見て、おちんちんが見えたら大丈夫で、見えなかったら肥満」です。

今日聞いた話でいちばん納得したのは
「料理が上手かどうかって味とか見た目だけで判断してない？ 本当に上手な人は調理が終わるころには片づけも終わってるし、あと分量ね。つくりすぎない」です。

今日聞いた話でいちばんわかりすぎてつらかったのは「たとえば昨日までやさしかった子が今日突然冷たくなるとかって考えにくいじゃないですか。でもこっちが気があるそぶりとか見せたら全然なり得るじゃないですか。だからいやなんですよ、友だちから彼氏彼女になろうとするの」です。

今日聞いたルールでいちばんかわいかったのは「悲しいときはポテチ一袋ひとりで食べていいルール」です。

今日聞いた話でいちばん勉強になったのは「お酒が原因でやっちゃう事故みたいなキスは『飲チュ』って言うよ。あと、好きな人といい感じのシチュエーションでするキスは『夢チュウ』で、ふわふわしてくるキスは『宇チュウ』って言うよ」です。

今日聞いた話でいちばん納得したのは
「寂しいは暇からやって来る」です。

今日の発見は「ミトン型の手袋でカメラを構える人はおっさんでもかわいい」でした。

今日聞いた話でいちばん怖かったのは「わがまま言ってもいい？　と頭につけたらわがままを聞いてもらえる率が高まるし、頼られてる↓ほっとけない↓俺がいてやらなきゃとなってどんどん便利」です。

今日聞いた話でいちばん怖かったのは
「昔つきあってた女がクソでさ、『ごめん寝てた』とか嘘ついて実はほかの男と会ってやがったのよ。

まあ、寝てたっていうのはある意味ほんとだったんだけど」です。

「カレーつくりすぎちゃったって連絡したらどんな男でもだいたい来るよ」って話聞いてる。

気持ちを伝えるときはまっすぐに来てくれなきゃやだけど、寒い日に「ここ、あいてます」みたいなのは許す。

心がつながったあと自然に手もつながって「そういうことなんだな」って思ったんだよ。

なんでもない平凡な日のことを思い出してにやにやしちゃったからもうちゃんと好きだよ。

忘れる忘れないとかじゃなくて忘れられない。

「なにしてる?」って訊けなくて「やっほー」みたいに送ったけどほんとは全然やっほーじゃない。なにしてる?

幸せは歩いて来ないって聞いてたけど待ち合わせ場所にいたら普通に歩いて来てた。

君のせいで暖冬。

「言葉で伝えて」って頼んだらぬくもりまで伝えてきた。なんなのそれ、いい。

君を好きになったら
自分のことも好きになれたんです。

こっち見てくれるんだったらおならだってするよ。

夜が長いの君のせいにしてる。

よくないことは
全部秋のせいにしていいらしいし、
もしも秋が男なら
包容力があってモテると思う。

心が狭くなるの自分でもほんといやなんだけど、神様的な人が現れて「心、広くしてあげようか？　ただ、一緒におでこも広くなっちゃうんだけど」と言われたら断ると思うし絶対ハゲたくない。

身近に尊敬できる人がいるのとてもよい。遠くにいる人は憧れのイメージ。

コンプレックスというかなんと言うか、自分が気にしていることをさらっと流してもらえると「ここにいていいんだ」みたいに思えて泣きそうになる。

どう言ったらいいかわからないときは「どう言ったらいいかわからないから考えがまとまったら言うね」でいいと思う。

「察して」みたいなやつはうんこを踏んでほしいと思う。

「言いたいことはあるのに泣いてしまってなにも言えなくなる」的な話をよく聞くから、怒ってるときは赤で悲しいときは青でうれしいときは黄みたいに涙に色があってくれると助かる。あれだったら鼻水でもいいし。

美容師さんいわく「髪は顔の服」らしいのだけど、ヘアゴムひとつで着替えられる女子がうらやましいし、いつか裸にならなきゃならない男子が悲しい。

寝たらいやなこと全部忘れられたらいいのにと思うけど、
たとえば神様的な人が出てきて「いやなこと忘れたいの？
じゃあさ、いいこともセットで忘れていいなら消してあげるけど、どう？」
なんて言われたらたぶん断ると思うから自分で忘れるしかない。
忘れようとするしかない。

もしも見た夢が現実になるとしたら、寝るまえはいいことばかりを考えようとするだろうな。そして前向きになれて、よく眠れて、明日も頑張れて、夢が本当に現実になりそう。

「できることがあったらなんでも言ってね」
とか言ってくる人なんなの、うれしかったです。

相談相手、そんなの大丈夫だよーとか
無責任に言ってしまうくらいの人のほうがいい気もする。
そっかー大丈夫なのかーみたいになれたらラッキーだし。

昔に比べて人を許せることが増えた気がする。やっぱ大人になると心が広くなるのかな。こういうのってうれしい。おでこも広くなった気がする。これは本当に悲しい。

人と話してるときに泣きそうになったら恥ずかしいから落ち着くまで待つけど、そんなの関係なく「わーん！」なんてなりながらも話をつづける人がいて、これはもうなんだろうね、抱きしめたくなるというか。ためこんでいたのかな、つらかったよね。

だれかのために強くあろうとするのって
かっこいいな、美しいな。

女子からサプライズしてと言われたら「そんなことまで言わせてしまってごめんな。最近かまってやれてなかったもんな、寂しかったよな」と言い頭をぽんぽんしながらポケットからどの程度のジュエリーを差し出せばいいんですかね？

レディー・ガガやクリスティアーノ・ロナウドみたいなスーパースターになるのはもう無理だと考えたら、同じ人間としてどこか悲しい気持ちになるけど、周りにいる人たちにとってのいいことくらいにはなれそうな気がするし、絶妙なタイミングで元気が出る連絡をしてくる人とか、そんな役、やります。

彼氏がハゲたくらいで冷める女子はどうしちゃったんですか。君を照らすんですよ、君専用の女優ライトなんですよ。

欠点のないように見える人へ
「欠点のないように見えますね」
と言ったら
「欠点のない人なんて
いないと思いますよ」と笑ったので
欠点のないように見える人
だなあと思った。

バニラの話

某アイスクリームチェーンで撮影の仕事をした際、そこのえらいさんが僕やクルーたちを食事に誘ってくださった。僕はえらいさんの苦労話や自慢話を聞くのが大好きで、もう喜んで行った。

ほろ酔いになったえらいさんが言う。

「バニラ、チョコレート、いちご、抹茶のアイスがあったとして、蒼井くんは、このなかでいちばん売れるものはどれだと思う？」

「えーっと、チョコレートですか」

「それがね、バニラなんだよ」

「へえ、意外と普通なんですね」

えらいさんがうれしそうな顔をする。

「たとえばチョコレートやいちごや抹茶のアイスを食べたい人が、いざ店へ行くと売り切れだったとしよう。するとね、バニラを買って帰るんだよ。じゃあ今度は、バニラのアイスを食べたい人が、いざ店へ行くと売り切れだったとしよう。するとね、なにも買わずに帰るんだよ。だからね、僕たちアイス屋がバニラを切らすことはないんだよ」

いい話だと思った。

「さあ、次は蒼井くんの番だよ。蒼井くんにとってのバニラはなんだい？」

僕は鳥肌が立って、いい話だと思った。

「なにか面白いこと起きないかなあ」
みたいに思っているうちは
面白いことが起きないの面白い。

「人生はゲーム」だなんて言って笑える人、レベル99なのでは。

さよならって言われたのいつ以来だろう。正しい使い方なのにちょっとびっくりした。
友だちや恋人ならバイバイとか、じゃあねとか、またねとかだし、仕事の人なら失礼しますとか、お疲れさまでしたとかだし、学生のときの「先生さよならー」みたいなやつじゃないさよなら、ちょっとびっくりした。

頑張ることが「攻める」みたいなときはいいけど「耐える」みたいなときはけっこうきつくて、ブワッみたいな顔になる！　大人なのに！　ブワッみたいな顔になる！

やり残したことが多くて夜ふかしが捗る。明日への抵抗と言えばちょっとかっこいいけれど実際は今日にしがみつくイメージ。ださい。

「愛の鞭という言葉からは愛も鞭も感じられない」という話になり「死ねと言われながらぎゅっとされるほうがいい」という話になり「死ぬな（ぎゅっ）ならもっといい」という結論になったからいつか使う。

セミは堂々と求愛している。

見せたいところだけ見せたらいいんだよ。
全部見せる必要なんかないよ。
弱さもそう、強さもそう。
疲れるよ、しんどいよ。

もしかするとこれが一生の別れかもしれないシーンで洋画は「愛してる」と言うけれど邦画は「ありがとう」と言う。

笑う機会が少ないと顔の筋肉がどんどん笑えないものになっていくのわかりやすくてせつない。

質素でもいいから丁寧に生きたい。

長くつきあうんだったら
朝ごはんを楽しく過ごせる人がいい。
言葉少なでも大丈夫な人がいい。

ひとりでもやれることはたくさんあるけどつづけていくにはなにかこう支えのようなものが必要だよなあと思う。

元気がない人にすぐ気づいてあげられる人は
もうそういう才能の持ち主なんだと思う。

「あのときああすれば」みたいなのどんどん出てくるから深夜の思考は闇。まあ、教訓にできたら光だけど。

会えない人がたくさんいて悲しいけど会いたい人がたくさんいると思えば楽しいから
おおむね許す。

あれも話そうこれも話そうみたいなの全部飛んでどうでもいいことに終始したりするの会う醍醐味のひとつ。

やっと会えた人との「なにから話そうか」みたいな瞬間は真面目にときが止まってほしいと思う。

会いたいと思われるのうれしい。
会えてよかったと思われるのもっとうれしい。

なにかの拍子に思い出されたとき、また会いたいと思われたい。

声聞けてうれしいってちゃんと言うね、
会えてうれしいってちゃんと言うね。

会えるときに会っておかないと本当に会えなくなるの罰っぽくてやだな。

「希望を捨てさえしなければ生きていける」みたいなのあまりピンとこないけど人と会う約束がなかったら死にそうな気がするから人と会う約束は希望。

明日の天気を教えてくれる人はだいたいやさしい。

「やさしくしてくれる人にしかやさしくできない」と言っていた人がいたけどそれって十分やさしい。

東京の人たち、オチのない話でも最後まで聞いてくれる。やさしい。

やさしい人は顔も声もやさしいし
送信する文字すらやさしく見えて
同じフォントを使っているとは思えない。

たとえば転んでも手は貸してくれないけど「痛くない、痛くないよ」みたいに声をかけてくれる人がいて、つかず離れずはけっこうやさしい。

その人のことをよく見ていないとやさしくすることもできないのでやさしい人は自分のことをよく見てくれている人です。やさしいです。

「やさしい人」以上の理想のタイプが見つからないので僕もやさしくなります。はんぶんこしたときに大きいほうをあげたりします。

もらったやさしさは返さなければならない。リボンとかもつけたい、ありがとうも言いたい。

やさしいだけの人って一緒にいても退屈だったりするけど、落ちこんだときに思い出すのってやっぱそんな人だったりして、なんか親みたいで家族みたいで、いつもありがとう、そしてごめんなさい。

家族がいちばん大事。

家の前とかに並んで「はいじゃあ撮るよー」みたいにして撮った集合写真は最高だしときが経つほどによさが増してすごい。

失敗があるとやだから母の日のプレゼントは現金にしたんだけど、受け取る際の母、まぶしいほどの笑顔だったからかわいいは買える。

ばあちゃんが生き返ったら抱っこしてくれた分だけおんぶしたい。ばあちゃんはたぶん軽いので、僕はどこまでも行けます。安いほうのスーパーまで行けたりします。

恋人に愛してると伝えるより
おかんをお母さんと呼ぶほうが照れる系息子。

「子は生まれて三年で一生分の親孝行をする」なんて話を聞いたことがあるけれど、うっとうしくて仕方なかった親のことをかわいいと思うようになるだなんて想像もつかなかったし、3億円くらいを振り込んだうえに「我が子の肩車でゆく世界一周旅行」とかあげても足りない。

ストレージの整理をしていたら母の画像が出てきて、もうずいぶんとまえのある特別な日に僕が撮ったものなんだけど、人はこれほど歯茎を出すことができるのかというくらいのスマイルで、寄ったり引いたりBGMを流したり、ひとり思いにふける系息子。

親のことかわいいなんて思ったらもう親孝行できる歳だよ。
相応でいいからしてあげな。できるね、できるよ。

もう秋なのに蚊に刺されてしまったかわいすぎるモデルさんが「これ、まだ夏終わってないってことでいいよね？（笑顔）よっしゃ（小さくガッツポーズ）」と言ってきたときの感想：かわいすぎる

屈託のないまっすぐな笑顔でおはようを言ってくる人はおっさんでもかわいい。

裁縫が上手な人のかわいさは異常。

満員電車なんだけど両手を挙げてる紳士がいて、たぶん痴漢に間違われないためだと思うけど手が暇なのかグーチョキパーを繰り返してて、いまこの瞬間世界でいちばんかわいいおっさんの可能性ある。

うれしいときにちゃんと
うれしそうな顔をして見せる人かわいい。
デュフフみたいな顔になるのやめたい。

前髪を切りすぎてしまったのが恥ずかしくておでこを押さえながら話す女子ほんといい加減にしてくれ！　もっとお願いします！

急にハグされてどうしていいかわからずマッチ棒みたいになってる人のかわいさ、100点満点で言うと500000点。

「お似合いって言われたいから
あたしももっと頑張ってかわいくなるね！」
みたいなのめっちゃかわいい。
「俺も頑張ってハゲないようにする！」って返したい。

愚痴を言うまえに「思わず愚痴こぼしちゃうんだけどね」と前置きしてくる人がいてかわいかった。話の途中で「なんだ愚痴かよ」と思ってしまうのもあれだしたしかに最初に言ってくれるほうが全然よかった。

「おやすみ」のあとに「また明日」をつける人かわいい。

同僚女子がデスクでメイクしていたのでなんとなく眺めていたら「もうすぐかわいくなるから」と言ってきてかわいい。

安心すると眠くなる人がわかりやすくてかわいい。

春になったら花たちをバックに撮ってあげたい。「かわいすぎてどっちが花かわかんなかったよー」と言うけど無視されて、帰ってから「ああいうこと言われても反応に困る。でもありがと、うれしかった」と連絡があってこの人やっぱかわいいと思いたい。

会うまえに
「わたくし髪型を変えましたゆえ
お気づきのほどよろしくお願いいたします」
と送信してくる人かわいい。

自分のことをかわいいだなんて思っている人間はちょっと信用できないけど、いつかふたりで眺める用にと、夜空にかざすタイプの星座アプリを入れてある僕はどう考えてもかわいいと思うんです。

ささいなことでも笑ったり喜んだりする人ってかわいい。そんなふうに見せているだけなのかもしれないけど、もしそうならもっといい。気を使ってくれてありがとうって思う。

笑顔がかわいいとすぐ好きになるけど、泣き顔がかわいくてもすぐ好きになるから表情がかわいい人が好きなんだと思う。かわいいんだと思う。

大口を開けてあくびをする女子と手で口元を隠してあくびをするおっさんなら僅差でおっさんのほうがかわいい。

靴を揃えてからの入室はおっさんでもかわいい。

知らない人の子どもでも赤ちゃんはかわいいし、目が合うと全力で変顔していく大人もかわいい。

買い物袋から長ネギが見えている人はおっさんでもかわいい。

褒められた際のリアクションがかわいいとまた褒めてあげたくなるから、褒められたい人はそういうのを用意しておけばいいと思う。個人的にたまらないのはもじもじする人。

美少女モデルが「好きな人と観覧車に乗るときは最初から隣に座るのがいいのかそれとも向きあって座ってしばらく経ってから隣に行くのがいいのか」を訊いてきてとてもかわいいのです。

急にレイトショー誘ったら「もう」なんて言いながらちゃんとおしゃれして来るし、しっかりいい匂いだし、あとで友だちに「暇だったけど暇じゃないふりしちゃったけどうれしかったけどそうでもないふりしちゃったけど超ドキドキしたー！」なんて報告しちゃう系女子かわいい。

「ごはんの次に思ってる」くらいがちょうどかわいい。

お酒について訊かれたときに「強くないけど好き」と答える女子は誘われ率が高いです。めっちゃかわいいからです、隙がある感じがです。

「今日はつきあうよ」と言って飲めないコーヒーを飲んだ子がかわいすぎた。やさしいは才能じゃないよね、だれでも見せられる。見せたい。

美少女モデルが「昨日の夜ね、もうちょっと一緒にいたいって言うのがなんか恥ずかしくて時間ゆっくり流れろって言っちゃったんだけど、そういうのどう思う?」と訊いてきたので「かわいいと思うけど」と答えたら「かわいいと思」くらいのところで走って逃げて行った。かわいい。

電話したとき、寝てたくせに「寝てない」と返す人の妙な意地ちょっとかわいい。

「頑張ったね」程度の言葉でまた頑張れる人間という生き物かわいい。

君のこと忘れようとしてる（布団）

まだ別れたくなかったのに（布団）

君のぬくもりが忘れられない（布団）

笑って別れるとか無理（布団）

離れてわかったけど俺やっぱおまえのこと好きだわ
（布団）

君と離れるなんて僕にはできないんだよ
（布団）

君とやり直したい（布団）

僕の帰る場所は君だけだからね（布団）

君の匂い、安心する（布団）

おまえを抱きしめたい（布団）

ぎゅってしたい（布団）

ぎゅっとしててね（布団）

朝までぎゅってされてたい（布団）

ずっと一緒にいたかった（布団）

おまえを離さない（布団）

そろそろ会いたい（布団）

いま、会いにゆきます（布団）

昨日よりも寒い朝がやって来て、僕はね、
昨日よりも強く君を抱きしめたんだよ（枕）

CHAPTER 4

光

好きな人はいますか、
どのくらい好きですか。
「このくらい」と両手を広げて見せてください。
好きな人に会えますか、いつ会えますか。
会えたら迎えてください。
「このくらい」の両手で迎えてみてください。
もうひとつの「このくらい」が君を包むから。
恋をしましょうよ。
家族や友人でもいい、愛をしましょうよ。

おにぎり

美少女モデルが「ワキ処理の甘さで死んだ子を何人も見てきたからね」と言って、僕はおにぎりを落とした。

美少女モデルが「まあ、あたしの場合ピンクはピンクでもショッキングピンクですけどね」と言って、僕はおにぎりを落とした。

美少女モデルが「ロケットおっぱいの人ってどうなの？　いいの？」と言って、僕はおにぎりを落とした。

美少女モデルが「いやいや、女子校のやばさはそんなもんじゃないよ。ちょっとおっぱい大きいだけで普通に揉むからね。おはようの代わりにとか全然揉むし、むしろ無言で揉むし」と言って、僕はおにぎりを落とした。

汗拭きシートで腕や脚を拭いていた美少女モデルが「えっ、いたの？　あぶねー、もうちょっとでワキとか胸とか拭くとこだったわー」と言って、僕はおにぎりを落とした。

美少女モデルが「今度プライベートでも撮らせてよーとか言ってくるカメラマンはクソ」と言って、僕はおにぎりを落とした。

美少女モデルが「男ってメンソールのたばこ吸ってたらEDになんの？」と言って、僕はおにぎりを落とした。

美少女モデルが「生理のときツイート増えるのマジだわー」と言って、僕はおにぎりを落とした。

美少女モデルが「ヤリチンって間接キスからはじめようとしてくるよね」と言って、僕はおにぎりを落とした。

美少女モデルが「ねえねえ、写真屋さんでさ、全ケツって現像できんの？」と言って、僕はおにぎりを落とした。

美少女モデルが「ね、夜のバットってなに？　こうもり？」と言って、僕はおにぎりを落とした。

人のおにぎりを笑うな。

美少女モデルが「あーあ、あたしも男の子に生まれたかったな。だってほら男の子ってさ、もっと声出せよ？　とか言ってドヤ顔してくるじゃん？　あれなんなの、自衛隊？」と言って、僕はおにぎりを落とした。

美少女モデルが「おしっこしたあとにぶるぶるって震えるの男の子だけなの？　あたし震えるんだけど」と言って、僕はおにぎりを落とした。

美少女モデルが「あ、ブラとパンツの組み合わせ間違えた」と言って、僕はおにぎりを落とした。

美少女モデルが「大人って足の裏舐めるの好きですよね」と言って、僕はおにぎりを落とした。

美少女モデルが「おしっこ行ってくるね？　いい？　おしっこいい？」と言って、僕はおにぎりを落とした。

美少女モデルが「今日デートだからお気に入りの下着で来ちゃった。高かったけど超かわいいの！　見たい？　あ、だめだ。蒼井さん見ないですぐ取っちゃうタイプだもんねー」と言って、僕はおにぎりを落とした。

美少女モデルが「この水着どう思うー？　やっぱ面積狭いかなー？　ポロるかなー？」と言って、僕はおにぎりを落とした。

美少女モデルが「泳ごうと思ってジムに入会したのにいきなりあれ来たし。空気読めし」と言って、僕はおにぎりを落とした。

美少女モデルが「好きな人からだったらどんなエロいこと言われてもだいたいうれしいけど、スカートたくし上げんぞ？　って言われたときはちょっとやばかったよね。コワうれしいって言うか」と言って、僕はおにぎりを落とした。

「おにぎりひとつ握れもしないでなにが女子力だよ」「でもこっちの方は握れるよ？（グッ）」「お、おうよ……」みたいなことばっか考えてた。あとお金ほしい。

おにぎりですら
ぎゅっと
されているというのに
僕たちときたら。

同僚女子が、恋愛対象にはなり得ないけれど暇なときにごはんへ行くくらいならいいかなという人のことを「ふりかけ」と呼んでいてやばい。

撮影補助で来てる女子が巨乳でほかの女子クルーたちにいろいろといじられてたんだけど「隠れ巨乳とか言って騒いでる男の人たちは女の胸のことなにもわかってないです。本当の巨乳は隠しても隠れないんですよ」と言ってて妙なかっこよさあった。

「痩せたらかわいい」みたいに言われがちな人がいるけど、実際言われてどう思うのかな。「よっしゃダイエット頑張ってみるか！」と思うなら周りはどんどん言ってあげたほうがいいだろうけど「はいはいデブってことですね」と思うなら言わないほうがいいよな。

痩せたら彼氏ができたけど、いろいろと安心してじわじわ戻っていってる同僚女子わかりやすい。

モデルさんに最近会ったチャラい男を訊いたら「アルデンテ（パスタのちょうどいい茹で具合）の硬さって耳たぶと同じくらいなんだってみたいな話をフリに『ちょっと耳たぶいい？』とか言って触ろうとしてきた人」と返ってきたのでみなさんも気をつけてください。

サッカーに興味のないモデルさんに、サッカー用語でなにか知っているものがあるか訊いたら「ありますあります。えっと、オフサイド、トップ下、ＰＫ、クロス、キーパー、コーナーキック、ネイマール、ブラジル、イエローカード、レッドカード、あとなんだろ、退場、セルジオ」で腹抱えて笑った。

「たとえば、おいしいって言うべきところで幸せって言う女がいるでしょ？　ごちそうした側は『俺が幸せにしてやった』なんて錯覚に陥って気持ちいいわけ。怖いよね、女子力」という話を聞きました。勉強になります。

同僚女子が「明日（好きな人と）ごはん行く約束したから明日までごはん食べない」と言ったのかわいかった。そのあとすぐお菓子食べてたけど。

車でふたりっきりになり、沈黙がいやだったのか「好きなたこ焼きの具なに？」と訊かれたの、二日経ってもまだ面白い。

撮影の待ち時間が長すぎて寝そうになっていたらモデルさんが寄ってきて「なぞなぞです。人は寝ないと動物になります。さてなんの動物になるでしょうか？」と言うので適当に答えたら「ブー、正解はくま。目がくまになるから。ちゃんと寝てますか？無理しないでくださいね」と微笑むので結婚しそうになった。

おごってもらえるとしても会計の際は財布を出すみたいな気遣いってあると思うんですけど、レジ前で男子の腕におっぱいを当て気味で寄り添うと、なにも言わず財布も出さず勝手におごってもらえるという話を聞いたときは思わず「かわいいはつくれる……」とつぶやきましたね……。

空き時間を利用してモデルさんと昼食に出たのだけど、行きたい店があると言うのでお任せしたら牛丼チェーンで、「あたしこういうところ大好きなんですけどひとりじゃ入りづらくて。つきあってもらってもいいですか?」「僕も好きですよ、つきあいます」となった。カップル成立ととらえていいのかもしれない。

いつも笑顔のモデルさんに「悩みとかないんですか?」と訊いたら「彼氏の寝相が悪くて、なんて言うか足が4の形になるんですよ。4だと痺れるじゃないですか? だからそれをこう直すんですけど、えっと、数字で言うと11にする感じですかね」と返ってきて平和。

女子に頼まれてペットボトルのふたを開けてあげたんだけど、別の女子に「ペットボトルのふたも開けられないような非力な生き物が長生きするんだから不思議だよな」と言ったら「とりあえず頼んでみることあるよ。男ってそういうの好きでしょ？」と返ってきて口からワナワナって音出た。

（同僚女子が机に突っ伏していたのでなんかあった？と訊いたら顔も上げずに「うるせぇばか」と返ってきて、おやおやと思って帰ったのだけど、あとから「ばかはあたし。話聞いてちょんまげ」と連絡が来たので「拙者、話聞くでござるよ」とのっていったら「キモい死ね」と返信があって、それでも）生きる。

男子の「うちでDVD観よう」は完全に誘い文句だと思うんだけど、女子の「ソファー買ったよ」もそういう認識でいいね？

仕事でいいことがあったモデルさんが「普段は冷凍のやつを半分に切ってるけど、今夜は一玉使って卵とじうどんいっちゃう」とうれしそうに言ってきて結婚したい要素のすべてがそこにあった。

朝からお肌絶好調なモデルさんに秘訣を訊いたら「夜が早いだけです」とのことだった。まあ謙遜も含まれているとは思うけど。ちなみに昨晩は21時就寝だったらしい。早い。夜ごはんは何時に食べたのか訊いたら抜きだった。強い。

同僚女子たちが「揉まれたら揉み返す……パイ返しだ！」「きゃー♡」とやっていて僕のいろいろも出向しそうだった。

寝坊してほぼすっぴんで現れた同僚女子がいつもよりかわいかったので「そっちのほうがいいよ」と言ったら、貞子みたいに髪で顔を隠したんです。そのときでした、僕の胸の奥のほうからきゅんという音がしたんです。本当です、たしかにきゅんと聞こえたんです（男性・独身）

涙は女の武器かどうか的な話をしていたら同僚女子が「うるうるしながら『なんでそんなこと言うの？』って言うだけでどんな修羅場もだいたいきり抜けられる」と言ってきたから涙は女のリーサルウエポン。

イケメンぎらいの同僚女子に理由を訊いたら「イケメンはドキドキさせてくれるけどすぐどっかに行くもん。それだったら安心できるブサメンのほうがいい」とのことだった。「安心もさせてくれないブサメンはうんことか踏んで死ね」とも言っていた。

仕事後の職場でプロ野球中継を観ていたら、同僚女子が「なんで一塁にヘッドスライディングするの？　駆け抜けたほうが速くない？」と言い、大人女子が「男にはね、だめだとわかっていてもやらなきゃならないときがあるの。そういう生き物なの、それが男のデフォなの」と返し、残っていた男子全員が退社した。

シャイすぎて好きとか絶対言ってくれない彼氏になんとか言わせようとぐいぐいったら結局好きは言ってくれなかったけど「必要」と言ってくれてなにこれ！　好きとかよりじーんとくるじゃん！という話がとてもよかった。

「夢とか幸せとかつかめそうだから腕が長く生まれたかった」と言ったら同僚女子が自分の腕を伸ばして眺めていたんだけど、いやそういう話じゃなくてと思ったんだけど、かわいい人だなあと思って「かわいい」とだけ言った。

「おしゃれは好きだけどつきあうならちょいださくらいの人がいい。自分好みに変えていくのとか楽しいし」などと言いだす人はもろおしゃれな人が好きなのでちょいださの人は手を出さないほうがいい。

「だれか紹介して」を「隣、あいてます」と送信してくる同僚女子かわいい。

【ほうれい線】モデルさん直伝、頬をリフトアップしてほうれい線を予防する体操。保湿後「う」と「い」の発音時の口を交互に二秒ずつキープ。「う」は唇を突き出し「い」は真横に広げる要領で大げさに。一日20セット。眉間と目尻にしわを寄せない。鏡を見ながらがおすすめ。

清楚系モデルが「あたし下ネタOKです」と言って場のテンションが一気に上がったんだけど、ひとりが「どんなときにこいつ下手だなって思う?」と訊いたら「あまり考えたことないですけど……あっ！　あそこの名前を言わせようとしてきたときは下手だなって思います！」と返ってきて全男子クルーが黙った。

モデルさんの資料に「好きな食べ物：食パン」とあった。撮影後に話を振ってみた。「厚切りにバターをたっぷり塗ったのが好きで三食でもいけます。でも太るんで特別な日だけ」「特別?」「悲しいときとか」「最近いつ食べました?」「今夜の予定です」なにがあってもほほ笑むお仕事。

すっぴんで出勤した同僚女子が「俺は変身をあと一回残している」と言い訳してきた。

同僚女子が「見てあれ、サマージャンボ」と言うので目をやるとそこには薄着巨乳女子がいたんです。

【女子100人くらいに聞きました】イケメン好きでも彼氏候補となると容姿には固執しないようです。服装に求めるのはセンスより清潔感のようです。お金はここぞという場（日）以外は割り勘でも可のようです。敷居を高めているのは男子自身なのかも。ただ、譲れない点がひとつだけ。「話が面白い」です。

夜の営みがご無沙汰な同僚女子が「シーツつかみたい」と言ってたのおしゃれだった。

女子が金玉のことを「アダム」と呼んでいたので今日はもう満足です。

かわいい人に「なに食べたい？」
と送信したら
「すき！」と返ってきて
おいおいなんだよ、このタイミングでかよ、
心の準備ができてないよ、マジかよ、
でもうれしいよ俺もすきだよ、
ちょっと早い春きたよ、
と思ったらすぐに「ごめん！　すし！」
ときたのでまだ冬。

スタイルがよすぎるモデルさんに
秘訣を訊いたら
「いつでも恋をしていること」
みたいな優等生な答えが返ってきたんだけど、
実際どうなんですか？
と食い下がったら
ちょっとキレ気味に「努力」って言われた。
努力すごい。

釣った魚にエサはあげません
魚は釣られると人になるからです
だから　口を開けて待っていないで
おなかすいたよと言ってください
僕には君を
聞き分ける耳がありますし
駆けつける脚も
抱き寄せる腕も
ごめんねを言う口もあります
好きだって言えますし
そしてキスをします
魚はもういません

Tシャツに乳首が浮いてしまっていたことを笑われた同僚男子が「男でもこんなに恥ずかしいのに女だったら死んでたわ。なんか女の気持ちがわかった気がするわ。俺もっと女にやさしくするわ」と言ってきた。

合コンに行くと言っていた友人男子から「目を大きくしてもいいし、肌をきれいにしてもいい。だがな、脚まで細くするのは許さん」とLINEが来たからたぶん加工に負けたんだと思う。

後輩男子「その子のことまえからいいなあとは思ってたんですけど、字がきれいなのを知ってだめ押ししたね」
僕「わかる」

彼氏がサプライズを計画していて彼女の指輪のサイズをこっそり教えてもらうために彼女の親友と会ったことがきっかけで浮気がはじまったという話がサプライズすぎてもうだめだ。

モデルさんの元彼がつきあいの後半ヒモ化してたらしく、話を聞いたら「彼が失業してお金なくて、あたしんちに転がりこんで来たんだけど、帰ったら掃除も洗濯も全部済んでるし、料理もだんだん上手になっていくし、シャンプーとかもなくなりそうなころに補充されてて快適だったよー」ときてただのよくできた嫁だった。

同僚男子が彼女に「おならは尻のくしゃみだから恥ずかしがらなくてもいいよ」と言ったら「じゃあうんちは?」と訊かれて「……弱音?」と答えた話で何回も思い出し笑いしてる。弱音吐いてごめん。

チャラ男「コメをぎゅっとしたらおにぎりになるじゃん? キミをぎゅっとしたら恋になるじゃん??」

パチンコで負けた同僚がお母さん宛に「仕事絡みの出費でピンチだから今月の仕送り額ちょっとまけて」と連絡したら「そういうことだったら今月はいらないから。ごはん食べてるの？　いつもありがとうね」と返信があり、泣きそうになりながら「2万貸してくれ」と僕に言ってきた。

駅のトイレでおしっこをしていたら紳士が慌てた様子で個室へ入って行き、衣服の擦れる音ののち、一瞬の静寂を置いて「レ！　ミゼラブル！」と聞こえてきた。感動。

終電間際の駅で女子が落とした手袋を紳士が拾い「お嬢さん！　ガラスの靴！」と言って手渡してた。女子、一礼したあと走って逃げてた。

同僚が溺愛する彼女はSNSの類を一切やっていないらしく、その分、なにかできごとがあると彼氏へ送信してくるのだとか。たとえば、ごはんである。毎食画像を添えてくる。同僚はそれを保存し、僕たち職場グループLINEへ転送する、「俺の彼女メシもかわいい」と。彼女は今朝、いちごヨーグルトを食べた。

男子はそんなこと絶対しないから
女子同士が手をつないで歩くの
ちっとも理解できなかったけど、
友人男子と飲んだ帰りに
駅までの道を肩を組んで歩いて、
ああ、これかと思って
デュフフって笑った。

朝食と夕食を米、卵、豆腐、納豆、海苔ならいくら食べてもいいルールにした知人が二カ月で10キロ超の減量に成功してやばい。いくら食べてもいいので最初はもりもりいくけれど、やがて飽きてじわじわ減るらしい。誘われた日は外食もOKだけど、友だちがいないため誘われずじわじわ減るらしい。やばい。

電車が発車するのを待っていたら階段をこちらへと駆けて来る女子が見えて、全然間に合いそうになかったんだけどホームにいた駅員さんが気づいて、運転士さんへ合図を送って乗せてあげた。扉が閉まったあと女子が車内からぺこりとやったら、駅員さん親指ぐってやった。白手袋で親指ぐってやった。やばい。

服装や髪型をまったく気にしない同僚が
「たまにはおしゃれしろよ」
と言われて
「昨日の夜おいしい紅茶のいれ方をググったよ」
と返したのがおしゃれだった。

男子は潤った瞳に弱い生き物ですので、女子は目薬必携です。目の前で大胆に点眼しましょう。鼻の穴を見せるのはNG。体は斜めに構えて。首筋、あごのラインは十分に見せます。この際男子の視線は鎖骨、胸元へも。服装も意識して。点眼後の瞬きは目を見てゆっくりと。言葉も潤して。すてきな恋をして。

同性から見ても
チャラい同僚男子が
すれ違いざまに僕のジャケットの
ポケットへ缶コーヒーを
入れてきた。
去って行く背中に
なにこれ？　と訊いたら
振り返りもせずに
「エール」と言った。
チャラい、だがなんだろう
この胸の高鳴りは。

炒飯（チャーハン）を誤って「イタメシ」とオーダーした紳士が「この店はあれなの、ナポリタンとか置いてないの？」と華麗なる方向転換をキメていた。

いつも頑張っているやつにエールを送りたいけれど、これ以上頑張れと言うのもなんだかあれな気がして「好きだーーー！」と送信した。「俺もーーー！」と返ってきた。男同士って単純で楽しい。

おだんごヘアの話をしていたら清楚系のモデルさんが「おだんこんヘア」と言い間違えてしまい、頭のなかで「お男根ヘア」と変換されてみんな黙ったんだけど、沈黙に耐えきれなくなったひとりが「〇〇さんって男根のことをお男根って言う派なんですか？」と訊いて、モデルさんは昼で早退した。

Twitterを開いていたら同僚男子が「男の金玉を強めに吸う女がいるけどあれはお互い得しないからやめようって書いといて」と言ってきた。

ばかだけど芸術肌な知人から
「曲つくってる。サビで英語入れたい。
だれでも知ってる系で
熱い系の単語教ぇろ」
と連絡があったので
「Destinyとかでいいんじゃない」
と適当に返信。
デモを聴かせてもらったら
「ディズニー！！！！」
と絶叫してた。
だれでも知ってると思った。
ストリングスも鳴ってた。

人とのつながり

いろいろあって落ちこんでいた友人にその後どう？　と送信したら「ダメージジーンズくらい」とのことだった。「膝も夢も破れないでほしい」と送信したら「ごはん行こう」とのことだった。ごはん行こう。

買い出しへ行った同僚に「コーヒーも買ってきて」と連絡をしたら「無垢でいいよね？」と返信があった。無垢のままでいられるならそれがいちばんだし、コーヒーは無糖でお願いします。

事務所に戻ったら同僚が怒鳴られていて、理由はわからないけどしょんぼりしていたのでコーヒーをいれてあげたら「苦い思いしたあとになんでまた苦いやつ飲まなきゃなんないの？」と言われて、こいつ、しょんぼりしながらもうまいこと言うじゃないか！　と思いました！！！　チョコ買って来ます！！！！！

おしゃれな長靴を買うと
それまできらいだった
雨の日が待ち遠しくなったり
するじゃないですか。
長靴じゃなくてもなにかこう
自分のなかの後ろ向きを前向きに
変えられるようなものを
ちりばめていけたらなあ
と思うんですよ。
たとえば人と会う約束なんかも
そうなんですけど。

大事なメールがなかなか届かないので、念のため迷惑メールフォルダを覗いてみたらそこにあって、送信者にそのことを伝えて謝ったんだけど、「そうでしたか。思えば人に迷惑ばかりをかけてきた人生でした」からはじまる長文が届いて「なんかすいません！！」って電話した。

駅で向かいのホームに面識のあるモデルさんがいて、手を振ったんだけど全然気づいてなくて、代わりにモデルさんの隣にいた知らないマダムが振り返してくれた。ありがとうマダム、いい薬です。

頑張った人に頑張ったねと言ったら顔は笑っていたけど目はうっすら泣いていて、ああ、苦しかったんだろうなあと思いハグでもしてあげたい気になったけど、そこまでの関係でもなかったし、肩をちょんとだけして帰った。向こうもちょんとだけはしてきた。

電車内に買い物袋を置き忘れたままおばあちゃんが降車。気がついた男子が車外へ飛び出すとおばあちゃんに無言で買い物袋を手渡し、扉が閉まる寸前のところで車内へ舞い戻った。呆然と立ち尽くすおばあちゃんを置いて電車は動きだし、ひとりのおばさんが男子に飴を差し出した。拍手が起こりそうだった。

カレー食べたいばかり言っていたら先輩に「そうなんだよ、寿司になれなくてもいいんだよ。だれからも愛されるカレーでいいんだよ」とわかるようなわからないようなアドバイスをいただいた。カレー食べたい。

コンビニでレジに並んでいたらマダムな店員さんが「ありがとうございます」の代わりに「いってらっしゃい！」と言って客を送り出していた。こういうの好き。順番が来た。「いってきます」を用意していた僕にマダムは「お兄ちゃんネクタイ曲がってる！」と言った。好き。直しながら店を出る。おはよう。

一緒にいた人へ電話がかかってきて「え？　いま？　ひとりだけど？」と言ったので帰ります。

愛しさとせつなさと仕事のミスで周りに迷惑をかけてしまい落ちこんでいたら同僚から「やっと出番回ってきた！　借りを返す！　いつも助けてくれてありがとなー」と連絡があったときの心強さと。

「ちょっと元気ないから元気が出る話なんかください」と送信したら「お金降ってこないかなあばっか言ってたら雨降ってきてウケた〜」と返ってきてちょっと元気出た。

力になってあげたいけれどまったく知らない分野だったため手も出せず口も挟めずどうしたものかと考えた末にアイスを買いに走ったらとても喜ばれた。アイスすごい。

いつもより早い電車に乗ったらいつも乗る時間帯でよく見かける人がいて「あれ、この人今日早いな」と思いちらちら見てしまっていたら向こうがにやにやしはじめたからもしかしたら同じことを思ったのかもしれなくてこっちもにやにやしてきた。

仕事にまつわること

昨日まで清楚系ミディアムだった同僚女子が金髪ソフトモヒカンになってて職場でスタンディングオベーション起こってる。

毎日だいたいなにかしらの納期でバタバタしているのだけど、自分の仕事を終えた同僚男子が「つか腕2本しかないんだからそんだけの量ひとりで抱えてるのおかしくない？　まあ、俺の腕入れたら4本だけど」と言い勝手に手伝いはじめた。もし僕が女子だったらその場で抱かれてた。愛。

仕事で関わりのある紳士が厳しさのなかにもやさしさを感じられる言葉をいつもかけてくれて励みになるんだけど「そういうのってやっぱり人生経験から来るものですか？」と訊いたら「首から上を鍛える」「えっ」「笑いながら話してうなずきながら聞けばだいたいなんとかなるでしょ？」となってめっちゃうなずいた。

詳細なレタッチをひとりでカチカチやっていると被写体への偏った愛情が芽生えて危ない。「あたしのどこが好き?」に「毛穴」と答えてもだれも得しない。危ない。

昨日まで清楚系ミディアムだったのに突然金髪ソフトモヒカンになって出勤し職場のえらい人に呼び出された同僚女子「おまえなんだその頭って言われたけど、味方を鼓舞するためですって答えたらセーフだった」

抗うってなんだよ、戦士かよと思ったけど企業戦士という言葉がありますね。斬れ味は悪いくせに重さだけ一人前の剣を持たされて。おい盾どこだよって言うね(男性・社会人)

女子の上半身画像をレタッチしていたら、モニターにちりがついていたので、指で払うと同僚が「そういう愛で方きらいじゃない」と言ってきた。違う。

一緒に残っていた同僚が帰る準備をはじめたので名残惜しげに「また会える?」と訊いたら「会えるよ」と返してくれたの、恋人ぽかったし帰りたい。

髪が薄い職場のえらい人が以前「俺自分で面白いこと言ったりとかするキャラじゃないし、なにかいじれるとこあったらいい感じにやってくれていいからな」と言ってくれていたのでみんなの前で遠慮なくいじったら小声で「女の前で髪のこといじるのやめろや?」と言われたから女の前で髪のことといじるのやめる。

なかなか返事をくれない人に「はいかいいえだけでもいいから返事をください」と送信したら「了解」と返信があってなにもわからない。

職場のえらい人「俺今日弁当なんだけど、嫁が『食べるときまで絶対開けないでね』とか言ってたんだよなー。つか普通食べるときまで開けないだろ、弁当って」僕「気になるんですか?」えらい人「いやいや」僕「開けてみましょうよ」えらい人「いやいやいや」僕「見ましょうよ」えらい人「いやいやいやいやいや」

少し横になってから
縦になります。

大事な打ち合わせに遅れそうになりタクシーを利用したら車内にやたらと三国志グッズが置いてあったので「無人の荒野を行くが如く急ぎで」とそれっぽくお願いしたら高速に乗った。

「返信をもらいやすくする
ためにもメールでの『？』は
二つまでに収めるのがよい」
という話に影響を受けた同僚が
「先日の件ですがその後
進展ございましたでしょうか？？」
と送信していた。

今日の仕事プレッシャーすぎて隙を見て休憩所に逃げて来たら、さっき僕に「まあこればっかりは経験だからよ？（にやにや）」とか偉そうに言ってた先輩が先に逃げて来てて、なんかちょっとほぐれた。先輩の担当は僕よりもずっと大変なはずで、そうだよな先輩、いいぜ、俺先に行ってるぜ（よくできた後輩）

じゃんけんに負けて同僚たちのごはんを買いに外へ出ました。二月の夜にスプリングコートはまだ寒くて、ぬくぬくのこたつで君とみかんを食べた日のことを思い出します。その後、元気でやっていますか。僕はね、なにか大切なものを忘れてしまった気がするんだよ（財布）

仕事でご一緒した紳士に独立から現在に至る経緯を訊いたら、死ぬ一歩手前みたいなやばい話をたくさん聞かせてくれてふたりして笑ったんだけど、最後に「よくここまでやって来れたと思います」とか言ってちょっとかっこいい顔するもんだからじんわりきた。男女ならその場ではじまってた。

徹夜ばかりしていると体によくないので、一定時間ごとに髪の分け目をずらしていき、「もう7：3か、今日はここまでにしよう」といった要領でメリハリをつけたい。周囲も「そこら辺にしておかないと8：2になっちゃいますよ？」や「おまえ10：0だぞ！　寝ろ！！」などと気遣ってくれると思う。

「たとえば働かない人に働けと言っても聞く耳を持たないけど、1万円あったらなにしたい？　みたいに訊いてあげたら返事するよ。前を向かせるってたぶんこういうことだよね」との教えをいただき、いつも仕事の遅い後輩に「早く終わったらその分早く帰っていいよ」と言ったら昼前に帰ってた。なにこれ！

忙しすぎて職場のえらい人が
「ねこの額も借りたい」
って言った。狭い。

遠距離恋愛でなかなか会えなくてけれどやっと会えることになってもう会った瞬間に全裸になるくらいの勢いで行ったけど久しぶりに会った彼氏の眉毛がわりとしっかりつながっていて一気に冷めたという話を聞いたから、男子も眉毛くらいは整えておいたほうがいい。

彼女とラブラブな同僚に「その後どう?」と訊いたら「地面から2㎝くらい浮いてる感じ」と返ってきたから順調なんだと思う。

「なんでもない普通のデートのときにでも花を贈ったりするような男に生まれたかった」と言ったら同僚女子に「なんでもない普通のデートってなんだよ。デートはいつも特別だろうが」と怒られた。同僚女子いいこと言う。三年彼氏がいなくて口癖が「枯れそう」だけどいいこと言う。

女心はいろいろと謎が多くて面倒になるんだけど恋多きモデルさんに「花火しよ?って誘われたら相手のこと意識する?」と訊いてみたら「相手によるけどあんまり」とのことだった。「線香花火しよ? ならどう?」と訊いてみたら「あたしのこと好きなのかなとか思う」とのことだった。勉強になります。

定食屋で向かいのテーブルにカップルがいたんですよ。彼女の納豆を彼氏が混ぜてあげていたんですよ。ああ、僕がもし女に生まれていたとしてもここまでやさしくされるのはいやだなあって思ったんですよ。でも彼女は「もうちょっと(混ぜて)」って言ったんですよ。仕方ないって思ったんですよ。

後輩男子の恋バナを聞いていたら「自分では太い太い言ってるくせに痩せろって言ったら怒りだすじゃないですか? だから、おまえをおんぶする俺の気持ちも考えろって言ってやったんですよ。そしたらまた怒って、でもそのあと機嫌よくなって、ほんとわかんないですね、女」とか言いだしてかっこよすぎた。

こんなタイプは無理的な話になったんだけどひとりが「一緒にいるときにスマホばっかいじる人は本当に無理。あと鼻歌を歌いはじめてこっちが話しかけても歌うのをやめずに『〜♪（うなずくｏｒ首を振る）』みたいに答える人も本当に無理」と言っていて手たたいて笑った。わかる。

昔、友人男子が好きな女子に電話で告ったんだけどそのやり方が「いまからある曲をかけるけど黙って聴いて、これが俺の気持ちだから」みたいなのだったの思い出してよくわからないけど腹が立ってきた。

意中の人にタイプを訊いたとき、自分に当てはまらない答えが返ってきたら当然アウトとして、「好きになった人がタイプ」的なやつも実はけっこうアウトなサインだと聞き、過去を振り返ってみたら余裕で9回ゲームセットだった。つらい。

後輩が彼女から『しばらく距離を置きたい』と言われてしぶしぶOKしたらしいのだけど「iPhoneで『バッテリー残量が少なくなっています』って警告があるじゃないですか? あれ、閉じるってボタンをタップしないとそれ以上どうにもならないじゃないですか? そのときの感じです」と言うのでビールおごった。

女性誌には「男性は女性の『はじめて』に弱い生き物です。行ったことない、食べたことない、したことない、などはどんどん言いましょう」的な恋愛術がわんさか載っているという話を聞いてもうなにも信じない。

かわいすぎるモデルさんが一年以上彼氏がいないらしいのだけど、かわいすぎて気軽に声をかけられない感じがあるし、頑張ってみたところで相手にされそうにない感じもあってわかる気がする。

彼女とラブラブな同僚が「好きすぎてつらい」ばかり言うので「つらいなら別れろよ」と言ったら少しの沈黙のあと「好きすぎて胸がしめつけられる」と返してきた。かっこいい。

「キスしようとしたら
相手は目を閉じるだろ？
だが待て、放置だ。
ん？　となって目を開くだろ？
いいか、そのタイミングでGOだ」
とホストの知人に
教わりましたので
みなさんもお試しください。

気まずい空気になるのもいやだし手料理へのだめ出しって難しいと思うんだけど、プレイボーイな知人が言っていた解決策は「腹をすかせて行く」だった。まあね。ちなみに服装へのだめ出しもしなくて、理由は「脱がせたらみんなかわいい」だった。はい。

同僚男子が「いつもきれいなかっこしてるかわいい子をアウトドアデートに誘ったら動きやすい服や靴で来てくれたんだけどそれが妙にださくてなんか冷めた」的な話をしていてちょっとわかると思った。

結婚したい彼に「俺のどこが好き?」と訊かれたら「名字」と答えればいい。

モデルさんが彼氏と夢で会えたことを「おやすミーティング」と表現していてananで取り上げられそう。

同僚女子が彼氏とのおでかけでお弁当をつくる予定だったのに寝坊してしまい具なしおにぎりのみで挑んだらしいのだけど「ほら、好きな人と食べたらなんでもおいしく感じる的なのあるでしょ？　でもおいしくて安心した。好き！（笑顔）」で余裕だったとのこと。お試しください。

休憩のときに同僚女子がマフラーを編んでいて、彼氏の？　と訊いたら返事もせずに僕の首に巻きつけ、「うーん、もうちょっとかな。ありがと」とまた編みはじめた。長さの確認なのだろうけど、顔や唇が急に近くに来てドキドキしたし、無防備な人ってかわいいなあと思った。

同僚女子がふたりの男子から言い寄られているらしいのだけど、ひとりは向井理さん似のブサメンで、もうひとりはカピバラ似のイケメンで、少し迷ったけれどカピバラとごはんに行くことにした、とのことだった。カピバラに負ける向井理さん、向井理さんに勝つカピバラ。「○○に似ている」は当てにならない。

泣ける話で盛り上がっていたらひとりが「ボロアパートだから壁が薄くてやるときの声が丸聞こえなのよ。で、悪いなと思いつつも彼女の口にガムテ貼ってやってて。最初はいやがってたけど聞かれるのもいやだし我慢してくれてて。でもこのあいだ彼女が自分からガムテ貼る姿見てたら泣けてきてさ」と言って全員泣いた。

女子の誘い方の話で盛り上がっていたらモデルさんが「今度飲みに行こうよって誘ってくる人はまだいいけど、今度ワイン飲みに行こうよって誘ってくる人は下心の鬼が多いから注意してる」と言って男子クルー全員が黙った。

規格に基づいた発想しかできないの未熟すぎて自分でもいやになるけど、けんかになっても途中で投げたりせず一生懸命わかりあおうとするし、料理は下手だけど「テレビでも観てて?」とか言いつつ洗い物はできるから愛してほしい。

恋多きモデルさんがささいなことでも「ふたりだけの秘密ね」と言ってくるのだけどきっとこれもなにかのテクニックだと思うので進展させたい案件がある人は試してみてください。

発車間際の新幹線のホームでキスしてるカップルがいて「あーわかるわー俺も昔はそうだったわー」と思ったけど、結局どちらも乗車しなかったからおかえりのほうだったのかもしれない。あーもっとわかるわー。いいわーそういうのいいわー。

出勤途中自転車のチェーンが外れて困っている女子がいたので直してあげたら「お礼をしたいのでよかったら連絡先を教えてください」というなんともドラマ仕立てな展開を迎えるも「大丈夫ですから」とだけ言い残し立ち去ったシャイで不器用で彼女いない歴＝年齢な同僚男子に朝ごはんをおごるので遅れます。

「僕はね、脳が眼球ほどの大きさしかないんだ。だから、大切なことも忘れてしまう。笑っちゃうだろ？　でも、君のことは忘れない、忘れたくないんだ。あのね、飛べなくてもいいかな？　時速60キロでさ、思いを君に走らせるから。ほら、大きな足音で駆けてゆくよ、ドキドキ！　ってね」ダチョウの恋。

ドMなあまり彼氏のことを飼い主様と呼んでいた子から届いたメールの件名が「野良です」だったから別れたんだと思う。

ダイエットに成功したモデルさんが「ほら、どう？　ね？　でしょ？」とみんなにウエストを触らせていたのだけど、流れ的にいって次は僕の番だったのに素通りして、おや、これはいつか恋愛マニュアルで読んだ「本命にあえて冷たくすることで気を引く」パターンでは？　と考えるタイプのポジティブ。

昔つきあってた人が「二度寝すればかなりの確率で夢のつづきを見られる。だから夢に（僕が）出てきたときは遅刻ぎりぎりまでもう一回寝る」的なことを言ってたの思い出してほっこりした。いいやつだったから幸せになっててほしい。

「目が合うとにこっとしてくれる女子はかわいい」という話をしていたらモデルさんが「昔すごい好きだった人がいて、まあふられちゃったんですけど。目が合うといつも鼻を膨らませて笑わせようとしてくれたんですよ。やさしかったなあ」と言ってせつない顔をしたので鼻筋を鍛えますね。

前にいるカップルの彼氏のほうがなにも言わず彼女の手を取りポケットに入れました。たしかに今夜は冷えます。彼女は少し驚いた様子で彼氏の顔を見たけれど、彼氏は一瞬目を合わせただけですぐに別のほうを見ました。彼女は下を向き足をぶらぶらさせました。とてもうれしそうでした。帰ります。

心を許していないのに体を許す現象と「キスはだめ」の関連性を調べていくうちに、キスはだめ→キスは唇→唇は言葉→言葉は心、にたどり着いたんです。

同僚男子と同僚女子の「人生山あり谷ありとか言うけど俺の人生谷ばっかだわー」「あたしもー」「……（チラッ）」「なに？」「山も谷もない」「胸見んな」「山がないと谷もない」「おい胸見んなって」なんてやりとりをこのふたりつきあえばいいのにという思いで眺めてる。

「恋人がいないのはまだいいとして好きな人もいないって終わってない？」と友人に言われたんですけど終わってるってなんですか！！！！はじまってないだけです！！！！

昨日男子たちと飲んだ帰りに「じゃあまた」なんて言いながらハグをしていたのだけど、ひとりがハグからのちょい持ち上げ（20センチくらい）をしてきて、不覚にもきゅんとなったのでみなさんも使っていけばいいと思います。

「彼氏が服飾の仕事をしていて、新しい季節が来るたびに世界で一着の服をつくって贈ってくれる」という話を聞いて、「じゃあいつかはウエディングドレスも？」と我ながら気の利いた返しをしたんだけど、その人、黙って宙を見上げただけでなにも言わなかったから映画のワンシーンだった可能性ある。

もう少しでつきあえそうな子がいたものの、女子の扱いがよくわからず「とりあえずかわいいって言っとけばどうにかなる」との教えを頼りになんとかしのいできたけど、手料理が全然だめで、けれどまずいとも言えず、追い詰められてかわいいを連発したら距離を置かれた同僚かわいい。

電車で向かいの席のイケメンが隣の女子に「どこまでですか？」と声をかけた。ナンパだー！　とドキドキしていたら「○○ですけど」「悪いんですけど△△で起こしてもらえませんか？」となり、なんだ単に眠い人だったのかと思っていたら、降り際にキメ顔（無言）で名刺渡してた。上級のナンパだー！　逃げろー！

恋多きモデルさんが、好きになりつきあったのだけど相手が元カノとよりを戻してしまい短期間で別れるハメになったことを「通り雨みたいなもん、ちょっと濡れただけ」と言ったのおしゃれだった。

同棲中の知人にそれ以前と比べてなにか変わったことがあるかを訊いたら「貯金が増えた」とのことだった。減ったものは会話、デート、セックスらしく、恋愛感情はあるのかと訊いたら「前三文字がなくなった」とのことだった。なるほど。

友人の彼女がわがままひとつ言わない謙虚な人らしいのだけど、
「いいお嫁さんになるから
どうぶつの森を買ってください><」
と珍しくおねだりしてきて、
なんだそんなものでいいのかー
と買ってあげたらしい。
いやそんなものって！
結婚もセットでおねだりしてますよね！
してますよね！

「もっとうまくなってもっときれいに撮ってあげるからね」と僕が言いますので、君は「あたしももっと頑張ってもっときれいになるね」と返してください。そこでシャッターを切ります。

【関西弁言えるかな】


「あたしもせやなって言ってみたい！」

「どしたん急に」

「だって関西弁かっこいいじゃん」

「よっしゃ、ほな俺が正しいせやなの使い方を教えたろ」

「わーいありがとう！」

「せやなで返してみてな」

「うん頑張る！」

「おまえ、俺のこと好きやろ？」

「……せやな（照）」

つきあって〇カ月的なこと言うと「いちばん楽しいときだね」みたいに返してくる人がいるけど「一年とか超えてもいまがいちばん楽しいときですから」と意地っぽく言ったとしても「若いねえ」みたいに余裕をぶっこいてくるので道に落ちているにしては大きめのうんこを踏んでほしいなあって思うんですよ。

「好きな人の寝顔見たいから好きな人ほしい」なんて言ってたら妻子持ちの上司が「おまえ、チャラいイメージあったけど実は結婚向いてんじゃないの？　嫁の寝顔もそうだけどさ、子どもとかもっとすごいよ？　見るだけじゃ済まないよ？　舐め回したくなるよ？」と言ってきた。なにそれやばい、興味あります。

「外見がタイプならけんかしてムカついても見てるうちに勝手に許せてくる」という話がとても印象に残っているのだけど、逆で言うと「外見がタイプじゃないとけんかしてなくても見てるうちに勝手にムカついてくる」になるのかもしれずとても怖い。

花屋で買った花をその場で店員に贈るというドラマチックなシーンを目の当たりにしてうおお！　となったけど贈り主が去ったあと店員が花を売り場に戻していたから花屋に花を贈るのはやめたほうがいい。

「ゼクシィって5キロくらいあるらしいんだけど手に取ったとき重いって感じるなら結婚向いてないよ」って離婚した人が言ってた話めっちゃ重い。

「もし攻撃魔法の名前が『キライ』だったら回復魔法は『スキ』か。『アイシテル』とかいいな。MP全回復もあり得る」
なんて話で盛り上がっていたら
年上女子が
「じゃあ混乱魔法は『アタシナンサイニミエル』だね」
と言って男子グループAに沈黙の効果。

遠距離恋愛をしている女の子がいるんだけど、さっきからずっと彼氏が住む地域の天気予報を調べてる。にやにやしてみたり、ほっぺを膨らませてみたり、まあそのさまのかわいらしいこと。「会いに行くの？」って訊いたら首をぶんぶん振って「趣味！」だなんて言うし、まったく。愛されるって幸せ、愛するって幸せ。

彼氏らしき人が彼女らしき人にブーケを手渡して「花屋ができてたから」「え！　うれしい！」「うん」「どこにできてたの？　お花屋さん」「いやどこと言うか」「ん？」「まあなんて言うか」「……ふーん（笑顔）」「……はい（照）」みたいになってたけどたぶん花屋できてないし彼氏かわいい。

以前ある女子が「女は押せばだいたいなんとかなる」と言っていたのですがこれは本当なのでしょうか。なんとかならないときは押しが足りないということなのでしょうか。そもそも押すとはどういうことなのでしょうか。用もないのに「こんばんは！」とかLINEすることでしょうか（男性・独身）

知人カップルの
過去最大の危機は、
ヒステリーを起こした彼女が
号泣しながら包丁を
持ち出したときだったらしい。
慌てた彼氏は目の前にあった
ティッシュの箱を手に取り
応戦しようとしたが、
その滑稽な佇まいに
彼女が思わず吹き出し
ことなきを得たという。
さすがはティッシュ、
涙も拭ける。

ラブホからのメルマガに「年末年始は鍋（2、3人分）のサービスあり！」と記載されていたので3人で行きたい。

失敗を引きずっている人が「終わったことをくよくよしてもはじまらないよ」と言われて、意地っぽく「じゃあくねくねは？」と返して、「ちょっとやってみて」となって、実際にくねくねしてみせたら場が笑いに包まれた。くよくよしてもはじまらない。

ベージュの女性下着だけはときめかないなんて話をしていたら「なにも穿いてないみたいに見えて一瞬ドキッとするけどな」と言われて「えっ」「えっ」ってなった。

「大事な人がいます」と書いておけば、つきまとわれる率が低くなるらしいので女子はそうしておけばいいんじゃないですか。

「布団とか枕とか以外も抱きたい」
と言ったら
「じゃあれは、夢とか大志とか」
とすすめられて最高だった。

スーパーで買い物をしたらレジの子が新人さんだった。慣れない敬語を噛み噛みになりながらも一生懸命言われるときゅんとなる。スキャンが終わったあとの「袋はご利用ですか?」が「お袋はどうです?」だったので母の体調を気遣われたみたいになった。「大丈夫です」と答えた。前略お袋、その後どうです?

疲れすぎて無意識に【一寸先は闇】をググってたんだけど、「ほんの少し先のこともまったく予知できないことのたとえ」とあって、まあよ、となって、一寸をググると3.03㎝とあって、ああ、キスからの鼻先で戯れてからの愛のささやきからの次はちょい強めのキスな距離感かと思ったら気力みなぎった。

中高生諸君には信じ難いことかもしれませんが、大人の世界では普段聴きもしないくせにセックスのときだけダンスミュージックを流す人々がいて、僕は彼らを「ベッドでおど郎」と呼んでいます。

「マフラーぐるぐる巻きなのに生脚な女子を男子に置き換えたらマフラーぐるぐる巻きなのにタンクトップ」まで考えて満員電車で含み笑いが止まらない助けて。

ハズレの宝くじを燃やしてBBQをするという集いに誘われて、あまり乗り気ではなかったのだけどイベントタイトルが「夢のつづき」だと聞かされて快諾した。

バイクで出勤しようと思ったら
シートの上にねこが乗ってたから電車にした。
「来ちゃった」
みたいな顔してた。そういうの困る。

グループLINEに「最近毎日お菓子食べてる気がする」と送信したらモデルさんが「ごはんつくってあげたいです」と返してくれてテンションが上がりました。個別に「カレーがいいです！」と送信しました。けれど反応がなく、いまとても恥ずかしい気持ちです。どうしたらいいでしょうか（男性・独身）

長文メールの最後に「尻滅裂でごめんなさい」とあったけど、もしかすると痔のカミングアウトだったのかもしれない。

思ったこと

「無料通話ツールがなかったころは話の途中で相手が寝ちゃったりするの、贅沢なことだったんだぞ」という話がとてもよかった。お金を払いながらもう少し寝息を聞いておく感覚に幸せのあり方を見た。

「朝はバタバタしてて心も穏やかじゃないから寝るまえに下書きしてるの。途中で寝ちゃったりするんだけどね、えへへ」というおはようLINEの秘密を教えてもらって恋したくなった。

今日で最後だった先輩をみんなで見送ったのだけど、先輩、別れ際になにか言おうとして、でもなにも言わなくて、ニッと笑って手を振って行った。じんわりきた、いい仕事をしていこうと思った。

カップル写真を撮るたびに思うけど安心感をたたえた人の表情は最高。

自分宛の手紙が届くうれしさだけは死ぬまで変わらないと思う。

身につけるタイプのプレゼント選びはサイズや好みがとても難しいのでできれば一緒に見に行ってほしいのだけど、内緒にしておきたい気持ちもあって、もー！　もー！となるけれど、それも含めて楽しいので許す。

近況を教えあったりするの、やっぱ楽しいな。頑張ってる話を聞けたら負けてられないと思えてやる気出るし、頑張れてない話なら励ましてあげたりできる。まあ、励ましてるつもりが途中から自分に向けて言ってたりしちゃうんだけど。

自分探しの旅は自分と同じくらい大切だと思える人を見つけたらあっさり終わったりするので油断ならない。

寂しくて眠れないのって、あたたかいお風呂に入ってあたたかいごはんを食べてあたたかい布団に入ってもまだ無理だったりするから贅沢。

エベレストかと思ったら別れたあとあらためてお礼を送信してくる人の好感度だった。

元気を与えられる人ってかっこいい。本人はそれを意識していなかったりしてさらにかっこいい。

たとえば、ヒールだと速く歩けないじゃないですか。合わせるじゃないですか。「おなかすいた」や「トイレ行きたい」って言い出しにくいじゃないですか。訊くじゃないですか。なんて言うか、当たり前だと思わないでほしいんですよ。好きだから気がつくんですよ、思いやれるんですよ。

割りきれない気持ちになるだなんて変なの。偶数なのに変なの、ふたりって変なの。

僕だけを見てくれなんて気持ちは自信のなさの表れで、本当なら「僕以外も見たうえで決めてくれ」なんて言ってみたいですよ。かっこなんてものはね、余裕のある人間がつけるものなんですよ。泣いてなんかないですよ、これは目の鼻水です。

「あたしなにやってもうまくいかない……ぐすん」「……でも僕を見つけた」これドヤ顔でやりたい。

女子は恋をするときれいになるけど、男子の恋はどうなのかな。せりふはきれいになりそう。

たとえばつきあいが長くなると「ん」と言うだけで醤油を取ってくれたりして、わかりあえる関係っていいなあと思うんだけど、お礼みたいな大事なせりふまで「ん」で済ませちゃったりして、そういうのよくない！（とおせんぼのポーズ）

たかが「いちばんじゃなきゃ意味がない」程度の言葉に「君の」とつけるだけでいろいろと高まってまあなんと言うか好きな人に好かれたいのです。

「彼女が人差し指にしていた指輪が自分の小指にも入らなくて、そっか、手、小さいんだなと思ったら無性に愛おしくなった」という話を聞いて、いかにもな男子っぽさが好きだと思った。
「愛おしい」は「守りたい」だ。
いいな、守りたいって思いたい。

二年ぶりくらいでご一緒したみなさんといい仕事をして「次はいつになるかわからないけど、みんなそれぞれのやるべきことをやってもっとよくなって、また一緒にやれたらいいよね」みたいな話になってじんわりきて頑張ろうって思った、思えた。

マグロは泳ぎながら眠るけど

君はベッドに行きなさい

夢で泳ぎなさい

ただし潜りすぎないで

深いところにいる人たちの顔　見たらちびる

闇という名前なんだよ　怖いよね

それと　これは聞こえない

ふりでいいから聞いて

隠れて泣かないで

おやすみね

Thema

気づいたこと

お湯が沸くのを待ちながらなにか（本読んだり）してるときにささやかな幸せを感じるの、自分でもよくわからないけどささやかな幸せ。

夏のせいにしてはじまったり、
秋のせいにして終わったり、
身勝手な話だなあと思うけど、
なにもないよりかは楽しくてよい。

贈り物、選んでる段階で楽しさの7割くらいいってる。

話を聞いてくれる人がいるって幸せなことだな。

自分とは違う分野の
人の話を聞くの楽しい。
自分とは違う考え方を
知るの楽しい。

いやなことは寝たら忘れられる性格になりたいと思ったけど、いいことが起こるといやなことなんて勝手に忘れられてるし、毎日いいことが起こりたい。できれば自分で起こしたい。

夢みたいなことばかり言ってても夢は夢のままで終わるし夢のないことばかり言っててもやっぱり終わるからちょうどいいくらいの熱でもって人肌くらいの温度でもって死なないようにすること捨てないようにすること育むこと持ちつづけること。

連れ添ってからの「花は咲ききったけど枯れ方にも興味があるから」かっこいい。

「好きになってくれてありがとう」
に立ち返ると
素直な自分に会える。
忘れがち、忘れたくない、
忘れない。
好きになってくれてありがとう。

「最近なにかいいことあった?」に
「いま」と答えるの反則。

写真を撮ること

人を撮るの昔もいまも変わらず楽しくて救いみたいな感じある。

空を青く撮りたいなら太陽を背にするといいですよ。順光ってやつです。

思い出も写真に残したい
と思ったけど
それこそが写真なのだった。

まぶたの奥、実際はなかなか焼きついてくれないから写真があって本当によかった。

うれしかった言葉も楽しかったできごともいつか忘れてしまうから
写真を残したい。

写真をやっていてよかったと思うのは、人を美しくしてあげられることです。本人すら戻ることのできない過去を他人である僕が預かり、美しくして返すのです。ストレージのなかにあるいくつもの、何人もの永遠の今日がたまらないです。いいことした、いいことしてる。

ごはんの写真は撮るくせに会った人と一緒に撮っておかないの、どう考えてもおかしいと言うかもったいない。

もう会えない人と並んで写っている写真のこと、愛しいと思う。戻れないけど戻れる。撮っておいて本当によかった。記しておいて本当によかった。

えっち終わりの女が全裸で部屋をうろつくとき

えっち終わりの女は全裸で部屋をうろつく、乳もなにもかもを放り出して。あまりに突然のことで、ぼくがいったいなにを言っているのかわからなかった人もいるかもしれない。なので念のためもう一度言っておく。いいか、よく聞いてくれ。えっち終わりの女は全裸で部屋をうろつく、乳もなにもかもを放り出して。

さぞショックを受けている人もいることだろう。とくに女に恥じらいや奥ゆかしさを求めがちな純情男子たち、きみたちのことを思うと胸が痛む。膝から崩れ落ちてしまってはいないだろうか。どうか膝は大切にしてくれ。そして頼む、立ってくれ。そこからもう一度這い上がってくれ。

ぼくも男だ。これがたとえ損な役回りであったとしても、伝えるべきことは正しく伝えなければならない。そう、えっち終わりの女は全裸で部屋をうろつく、乳もなにもかもを放り出して。これは紛れもない事実なのだ。

なにを隠そう、ぼくもはじめはこの目を疑った。つい一、二時間まえまで幾層にもわたって入念にガードを施しておいたそれらを、あろうことか自らの意思でもって放り出したままにし、悠然と部屋をうろついているのだから。無防備。あまりにも無防備。

【無防備】むぼうび

危険や災害に対する備えのないこと。また、そのさま。

えっち終わりの女は全裸で部屋をうろつく、乳もなにもかもを放り出して。ぼくがこれまでにつきあってきた女は、ほとんどみなそうだった。だからぼくは、女とはそういう生き物なのだと理解している。

ぼくがつきあってきた女たちの生態を疑う人もいるかもしれない。おまえがつきあってきた女たちが特別に奔放であっただけだろう、そう思う人もいるかもしれない。あるいは、おまえのわずかばかりの経験人数ではサンプルにならない、という指摘もあるかもしれない。

できることならこんなふうには言いたくなかった。しかしこの際だ、仕方がない。よく聞いてくれ。

なかなかの数のいい女たちとつきあってきた。

思いのほかいい響きだったのでもう一度言ってみる。なかなかの数のいい女たちとつきあってきた。

いや、待ってくれ。なにも自慢がしたいわけではない。人間、経験人数を誇らしげに語るようになってはもはや終わりだ。人としての大切ななにかが決定的に終わってしまっている。いつかぼくたちがじじい・ばばあとなり、ぼくの・わたしの人生は大変すばらしかったと振り返るその日まで、経験人数は秘めごととしておく。それが大人の約束というものだ。

ぼくは自分の部屋を、えっち終わりの女が乳もなにもかもを放り出したままうろついていても驚かない。女のその気配を感じながらも、眉ひとつ動かさずリモコンでテレビのチャンネルを変えたりすることができる。女がトイレに立つ際、全裸でありながらスリッパだけは履くことに、「えっ、そこは履くんだ?」などと思ったりはする。そこは普通に思ったりする。しかしそんなことはとてもささいなことなのだ。

とはいえ、ぼくもはじめからそうだったわけではない。むしろそのような振る舞いはやめてくれと女に懇願していた側の人間だ。

包み隠さず言うと、ぼくは全裸の女が見たい。たとえどれだけ集中しなければならない場面であっても、全裸の女がいればすべての神経をそちらに持っていかれる自信がある。だめだだめだ、いまは全裸の女を見るべきときではない。頭では十分すぎるほどにわかっている。しかしぼくのなかのもうひとりのぼくがささやくのだ、見逃すことなかれ、と。

しかしその全裸の女が、自分の彼女であるとなるとわけが違ってくる。

恋愛において、だれかとつきあうのなら、いつもどんなときも相手のことが大好きでありたい。逆もそうだ。ぼくとつきあうのなら、相手にはいつもどんなときもぼくのことを大好きであってほしい。

だからぼくは、「倦怠期」や「なあなあ」といったものには全力で抗いたいと思っている。ようやく咲かせた恋の花が枯れてしまわないように、しおれてしまわないように、澄んだ水をやりつづけたい。まばゆい光を与えつづけたい。ふたりの手で。

えっち終わりの彼女が、はじめて全裸で乳もなにもかもを放り出したまま部屋をうろついたとき、激しい憤りに打ち震えた。その姿が女を捨てているように思えてならなかったからだ。頼むからぼくの前では女でいてくれ、いつづけてくれ。そういうことの積み重ねがやがて花を枯れさせるのだ、と。

その日、彼女を送っていきながら、がっかりした気持ちを素直に伝えた。そうせずにはいられなかった。すると、彼女の言葉はこうだった。

「えっ、わたし裸でうろうろしちゃってた？　気がつかなかった。今度から気をつけるね」

自分が全裸で乳もなにもかもを放り出したまま部屋をうろついていたことに気がついていなかった女。腰を抜かしそうになった。嘘だろう？　なんなのだ、その危機感のなさは。きみはことの重大性がまったくわかっていない。ぼくは彼女とのこれからに不安を覚えずにはいられなかった。

いやな予感は的中した。彼女はそれからもたびたび全裸で乳もなにもかもを放り出したまま部屋をうろついた。ぼくはそのたびに諭し、彼女もそのたびに気をつけるとは言ったが、頻度はむしろ上がっていったのだった。

ある日、もう我慢ならないとなったぼくは、これまでにない真剣な態度であらためて彼女に気持ちを伝えた。もしもこれでわかってもらえなければ、もう一緒にいることはできないかもしれない。別れも覚悟のうえだった。もはやこれは全裸や乳うんぬんの話ではない。価値観の相違だ。ただでさえ他人同士、好きという気持ちだけでうまくやっていけるほど恋愛はやさしくないのである。

これまでとは明らかに違うぼくの態度に、彼女の顔つきが変わった。見たことがない表情だ。そう思った次の瞬間、彼女の頬を涙が伝った。ぽろぽろと涙がこぼれ落ちた。つきあいはじめてからずいぶん経つというのに、泣き顔を見たのはこのときがはじめてだった。

泣かないで、と言うとさらに泣いた。人の涙には必ずわけがある。しかしそれを本人がいつでも説明できるかといえば別の話にはなるが。ぼくは、もう泣きたいだけそうさせてやり、言葉が出てくるまで、感情に言葉が追いついてくるまで、ただただ待つことにした。彼女もまた真剣なのだと思えたから。

ゆっくりと時間をかけ、ひとつずつ絞り出すように発せられる彼女の言葉。それらをまとめると、こうだった。

だめな恋愛ばかりしてきた。自分もばかで子どもだったし、悪いところはたくさんあるけれど、それでも苦しいことばかりのように感じていた。恋愛って、難しい。人を好きでいることがだんだんつらくなっていった。

ぼくとつきあうようになって驚いたのは、よく話をすること。彼氏と彼女の関係でも言いにくいこと、めんどくさいことはたくさんあるはずだけれど、いつもちゃんと言葉にしてくれる。ぼくの考えていることがよくわかった。わたしの考えていることもよく聞いてくみ取ってくれた。だから深読みも駆け引きも必要なくて、嘘もいらない。もともと嘘はついていなかったけれど、背伸びをする必要がない。それが本当に心地よかった。

ぼくが自分のことを好きでいてくれていることがいつも伝わってきて、それがうれしかった。大切にされるって、こういうことなんだと思った。恋愛って、楽しい。ふたりの関係がどんどん好きになっていった。ありがとう。

わたしが裸でうろうろしちゃっていたのは、たぶん安心しているからだと思う。いちゃいちゃしたあとなんかはとくにそういう気持ちになって、怒られてもまたやってしまっていたのだと思う。ごめんなさい、楽しすぎました。

言い訳になるけれど、いちゃいちゃしたあと以外で裸でいたことはたぶんないと思う。もともと体を見られるのは恥ずかしいし。お風呂あがりのときも、お風呂あがりにしてはかなりびしっとしているほうだったと思う。それはけっこう難しかったけれど。でも、やろうと思えばもっとできます。だからそこは言ってください。それと、あと、あとは――。

ぼくは思わず頭を抱え、その場に膝から崩れ落ちた。彼女への申し訳ないという思いが、ぼくの両膝を床にたたきつけた。

えっち終わりの女が全裸で部屋をうろつくとき。それは身も心も委ねているとき。

安心感に包まれているとき。全幅の信頼と愛情を傾けているとき。

光の速さは一秒間に地球を七周半するのだという。抱きしめていた。その速さでもって彼女を抱きしめていた。

もう一度言おう。

ぼくは自分の部屋を、えっち終わりの女が乳もなにもかもを放り出したままうろついていても驚かない。女のその気配を感じながらも、眉ひとつ動かさずリモコンでテレビのチャンネルを変えたりすることができる。

いや、包み隠さず言おう。

胸のうちはおおいに動かしている。思いをおおいに更新している。その姿が無邪気に伝えてくるから。大好きだよ、と伝えてくるから。

おわりに

読み書きが好きな人なら自分の書いた文章が本になる夢を一度は描いたことがあると思う。

昔、趣味でやっていた詩ブログがそこそこのアクセス数を稼いでいて、まあなんと言うか、若干調子に乗っていた。「本にしてほしい」的なコメントをいただくこともちょくちょくあった。じゃあ、本にしてみるか。僕は調子に乗っていた。

書籍化に向けていろいろと調べてみた。まとめると、こうだった。

「ただでさえ本が売れない時代に無名の人間が書いた詩集なんかだれが買うの？ 売れるわけないんだからやめときなね？ そもそもどこの出版社も相手にしてくれないよ？ どうしても本にしたいんだったら自費出版ってやり方もあるけど、クソ高いお金を払った挙句に書店にも並ばずで在庫だけ抱えて、最後は友だちとか親戚とかにただで配って終わりになるけど、それでもいい？ まあ記念にはなるけど、いい？」

僕は夢見ることをやめたし、調子に乗ることもやめた。

それでも詩ブログはもう少しつづいた。短い文章のなかに物語を詰めこむ作業が好きだった。

そんな僕に「Twitter はぴたりとはまった。

はじめたきっかけは、好きすぎてつらいくらいに好きだった彼女にふられたことだった。長く引きずったこともあり、未練がましいツイートをだらだらとしていた記憶がある。なんだったらいまでもまだちょっと好きなので、もしもこれを見ていたら連絡をくだ（略）

フォロワーが数万人を超えたあたりからいろいろな連絡をいただくようになった。まず本業である撮影の依頼が増えた。失恋もしてみるものである。ツイートがウェブや誌面で取り上げられたり、僕自身が取材を受けたり、イベントに呼ばれたりもした。

書籍化の話もいただくようになった。そう、いつかの僕があきらめたあの書籍化である。おお！　夢よもう一度！　けれど僕の本が世に出ることはなかった。

作家でもない自分が本を出せるだなんて一生に一度あるかないかのことだと考えていた僕は、やり直しがきかないそれを「記念本」で終わらせるわけにはいかず、そのために掲げるいくつかの条件を満たすものでなければ受けないと誓っていたからだ。

僕は、夢にまで見た書籍化の話を断りつづけた。

KADOKAWAの編集者を名乗る人から最初に連絡があったのは昨年の秋のことだった。

その人はこれまでのだれとも違っているように思えた。すぐに上司の許可を取りつけると新幹線に飛び乗り、僕の住む街まで会いに来たのだ。また、僕の条件のなかには多くの時間や経費を要するものもあり、きっと簡単ではなかったはずなのだけれど、その人はすべてを受け入れたうえで、僕の本をつくりたい、僕の本の編集がしたい、と熱っぽく言った。

そんなふうに受け入れてしまって上司に怒られはしなかっただろうか。いや、のちのある段階でお会いすることとなった上司もノリノリだった印象がある。

ここは、これまでのどことも違っているように思えた。僕の胸はおおいに揺さぶられ、お世話になることを決めたのだった。

本書の出版に際してお力添えいただいたすべてのみなさまに心からの感謝を申し上げます。

民人さん、夢乃さん、麻衣さん、菜奈さん、Saoriさん、次、いつ会えますか。最後まで読んでくださったみなさま、日頃より僕のひとりごとにおつきあいくださっているみなさま、いつか会えますか。
会えたら迎えますから。「このくらい」の両手で迎えますから。

蒼井ブルー

文庫化にあたって　おわりに

あれからもうそんなに、という思いである。

五年半まえ。担当編集から出版の企画説明を受け、想定する初版部数を聞かされたぼくは、「この部数は多すぎませんか？　ぼくが本を出したとしてそんなに売れますかね？」と真顔で返した。

初版部数というものは、仮に本が一冊も売れなかったとしても（そんなことはまずあり得ないが）その分の印税は確実に著者に入りますよ、という、いわば基本給に直結するものであるため、増やそうと交渉する著者はいても、「多すぎませんか？」などと自ら申し出るようなばかはいない。

ばか丸出しだった。

頭のよさにも理由があるように、ばかにもそれなりの理由がある。当時のぼくでいえばそれはおそろしくシンプルなもの。自信のなさ、だ。

はじめての出版だった。依頼だけならそれまでにも何度かいただいてはいた。しかしいざやるぞ、となってみると、本を売ったこともなければ書いたこともない実績ゼロの自分が、想定初版部数として見せられた、このものすごい数の人たちにお金を出させるだなんて想像できるはずもなかった。

うろたえるぼくに担当編集は、「多いと思いますか？」と笑ってみせた。

初版部数は、担当編集をはじめとする出版のプロたちがさまざまなデータをもとに会議を重ね、ようやく打ち出された根拠のあるものだ。ただでさえ出版不況が叫ばれる時代、そこに賭けはない。

ただし、誤算はあるようで。

ばかを丸出しにした半年後。（死ぬかと思うほどの苦しい制作期間を経て）刊行を迎えたぼくのはじめての本は、たったの五日で重版となった。いつもは冷静沈着な担当編集が野獣のように興奮していたので、やはりあれは誤算だったのだろう。まあ、うれしいそれならいくらあってもよいが。

単行本『僕の隣で勝手に幸せになってください』はその後も重版をつづけ、今日までに15刷となっている。買ってくださったみなさんにはあらためて感謝を伝えたい。ばかと野獣を信じてくれて本当にどうもありがとう。

文庫化するにあたり、読んだ。自宅デスクに一冊、ベッドに一冊、職場デスクに一冊、かばんのなかに一冊。生活のあらゆる場面でいつでも手に取れるようにし、とにかく読んだ。付箋をつけるなどしながら何周も。

刊行から五年が経つ本を著者自らこれほど熱心に読みこむことになるとは思わなかった。その様子を見た同僚や友人からは、「どんだけ自分のことが好きなの」などとからかわれた。文庫化を進めていたことはまだだれにも明かせる段階になかったため、たしかに気持ちの悪い光景として映っただろう。

周囲に気持ち悪がられながらも、いまこのタイミングで読み返すことができてよかったと思う。いつの間にか忘れかけていた大切なことをいくつも思い出すことができたから。

この本には、日々の暮らしのなかで湧き起こる疑問や難問、その答えを導き出すための試行錯誤、そこで得た学びや気づき、といった好転のサイクルがさまざまなシチュエーションで繰り返し描かれている。

こう書くとビジネス書のようで読み手を選びそうにも思えるが、実際の内容はもう少しゆるい。

ここで言う「ゆるい」はひとえに押しつけのなさである。あなたはこうするべき、よくなりたければこうしなさい、のような上からのメッセージがほとんど見られない。

これは著者の自問自答を軸としている点によるところが大きい。

あなたはこうするべき、の代わりにあるのは、僕はこうしよう、だ。僕はこうしよう
――なんのことはない、ただの報告である。ただの報告集を本にしてはならない。

しかしどうして、読み進めてみるとこれが思いのほか気持ちいい。気がつけば「僕」の報告をもっと聞いてみたくなっている。次はどんなできごとがあって、そこからなにを感じて、どう成長へと結びつけてゆくのか。塵も積もれば山となる、とは言うが、報告も積もれば物語となるのだ。

報告とはいえ、「僕」のそれはだれかに宛てられたものではなく、ほぼほぼひとりごとであるため、やはり押しつけがましさがない。「僕」が語ればポジティブすぎる提案であってもすっと心に入ってくる。明日からの生活のなかで早速試してみたい気持ちに駆られてくる。

ポジティブすぎる提案とは、つまり正論である。正論ばかりを吐く人間にはだれもついて行きたがらない。いつでもお手本のように生きられる者などひとりもいない。だれもが胸のうちに弱さや愚かさを抱えているのだ。

弱さや愚かさ。それとの向きあい方についても「僕」はたびたび触れている。たとえばそのひとつが、もっと自分を許そう、だ。

人が、過ぎ去ったできごとをわざわざ引っ張り出してまで自分を責めるのはなぜだろう。周囲はとっくに忘れているようなことでも自分だけはしぶとく覚えていて、あのとき、もっとこうすればよかったじゃないかと、ねちねち責めつづけるのはなぜなのだろう。

それは「あのときの自分」をまだ許せていないからである。もしも過去に戻ってやり直せるチャンスがあれば次は必ずうまくいかせてみせる。後悔が残らないようにしてみせる。しかし残念ながらそれはかなわない。人が直接的に手を下せる時間は現在のみだからだ。

ぼくたちが愚かにも過ぎ去ったできごとで自分を責めているころ、「僕」はまったりとアイスを食べていたり、へらへらと好きな人の写真を眺めていたり、だれかとごはんに行く約束を取りつけていたり、とっとと寝たりするなどしている。現在にさっと手を下し、まあいっか、となっている。

もっと自分を愛そう、についても見逃せない。

人からは愛されたいなどと願っているくせに、自分は自分を愛してやっているだろうか。人からは認めてもらいたいなどと願っているくせに、自分は自分を認めてやっているだろうか。

自分のことをあの手この手で愛そうとし、認めようとする「僕」。頑張ったね、自分。

よかったね、自分。えらかったね、自分。かわいいよ、自分。褒めて伸ばすのは他人ばかりじゃないのだ。

恋愛にまつわる「僕」のあれこれは、もしかするとこの本の「らしさ」がもっともにじみ出ているところなのかもしれない。

人を好きになるときのうきうきも、届かない思いのじれったさも、心を通わせる感動も、二度とは戻らない日々への叫びも、すべてがきらきらと輝いて見える。「僕」が笑ったり泣いたりするたびに、この本がどんどん愛おしくなってゆく。そしていますぐ会いたくなる。好きな人にいますぐ会いたくなる。

ときが流れてもなお新鮮で色あせない思いと言葉たち。文庫化となったことがそのひとつの証明のようで誇らしい。何度でも力になってみせる。何度でも助けになってみせる。だから忘れたら、迷ったら、傷ついたら、疲れたら、どうかまたここへ戻ってきてほしい。

この本をそばに置いてくださったみなさんの幸せを心から願う。「僕」の隣で勝手に幸せになってください。

蒼井ブルー

本書は、二〇一五年三月に小社より刊行された
単行本を加筆修正のうえ、文庫化したものです。

僕《ぼく》の隣《となり》で勝手《かつて》に幸《しあわ》せになってください

蒼井《あおい》ブルー

令和2年 4月25日　初版発行
令和5年 4月10日　8版発行

発行者●山下直久

発行●株式会社KADOKAWA
〒102-8177　東京都千代田区富士見2-13-3
電話　0570-002-301(ナビダイヤル)

角川文庫 22084

印刷所●株式会社KADOKAWA
製本所●株式会社KADOKAWA

表紙画●和田三造

●お問い合わせ
https://www.kadokawa.co.jp/（「お問い合わせ」へお進みください）
※内容によっては、お答えできない場合があります。
※サポートは日本国内のみとさせていただきます。
※Japanese text only

ISBN 978-4-04-604646-8　C0195

◆◇◇

角川文庫発刊に際して

角川源義

第二次世界大戦の敗北は、軍事力の敗北であった以上に、私たちの若い文化力の敗退であった。私たちの文化が戦争に対して如何に無力であり、単なるあだ花に過ぎなかったかを、私たちは身を以て体験し痛感した。西洋近代文化の摂取にとって、明治以後八十年の歳月は決して短かすぎたとは言えない。にもかかわらず、近代文化の伝統を確立し、自由な批判と柔軟な良識に富む文化層として自らを形成することに私たちは失敗して来た。そしてこれは、各層への文化の普及滲透を任務とする出版人の責任でもあった。

一九四五年以来、私たちは再び振出しに戻り、第一歩から踏み出すことを余儀なくされた。これは大きな不幸ではあるが、反面、これまでの混沌・未熟・歪曲の中にあった我が国の文化に秩序と確たる基礎を齎らすためには絶好の機会でもある。角川書店は、このような祖国の文化的危機にあたり、微力をも顧みず再建の礎石たるべき抱負と決意とをもって出発したが、ここに創立以来の念願を果すべく角川文庫を発刊する。これまで刊行されたあらゆる全集叢書文庫類の長所と短所とを検討し、古今東西の不朽の典籍を、良心的編集のもとに、廉価に、そして書架にふさわしい美本として、多くのひとびとに提供しようとする。しかし私たちは徒らに百科全書的な知識のジレッタントを作ることを目的とせず、あくまで祖国の文化に秩序と再建への道を示し、この文庫を角川書店の栄ある事業として、今後永久に継続発展せしめ、学芸と教養との殿堂として大成せんことを期したい。多くの読書子の愛情ある忠言と支持とによって、この希望と抱負とを完遂せしめられんことを願う。

一九四九年五月三日